ミルククラウンのためいき

崎谷はるひ

12367

角川ルビー文庫

目次

口絵・本文イラスト／高久尚子

その日、雪下希《ゆきしたのぞむ》は少しばかり急《せ》くような気分に駆《か》られながら、早足に坂道を歩いていた。

別段急いで帰らねばならない理由はなかったけれど、今日は初の給料日だ。

いまどき珍《めずら》しく現金支給制の封筒《ふうとう》の中身は、小遣《こづか》いではさすがに一息には手にすることのない額が入っている。普段《ふだん》は表情に乏《とぼ》しい希の透明《とうめい》な頰《ほお》も、少しばかり緩《ゆる》みがちだ。そして、持ちつけない金額を手にした高揚感《こうようかん》と不安から、自然に足が速くなってしまっている。

希が先月からはじめたアルバイトは、横浜《よこはま》のジャズバーでのウェイターだ。変わった名前のその店は「3・14」と書いて「パイ」と読む。円周率の、πだ。

にっこり笑って給料を差し出した店長には、内心の感動を隠《かく》すためにぶっきらぼうな顔しかしてみせられなかった希は、本来ならばその店で働ける年齢《ねんれい》ではない。

（落とさないようにな）

希がつい先頃《さきごろ》に、十七になったばかりの現役の高校生であることは、店長、東埜義一《ひがしのぎいち》と、フロアチーフである叔父《おじ》、雪下玲二《れいじ》以外には内緒《ないしょ》にしてもらっている。

（はあ？　希、まだ未成年だろ？）

そんな風にぼやきつつ、玲二の頼《たの》みだ仕方ない、と引き受けてくれた店長は、叔父の最も親しい友人ということで、バイト前にも既《すで》に見知っていたため、年を誤魔化《ごまか》しようもない。

(……こっちも見つかったらえらいことなんだが)

良識ある義一には、やや常識はずれな希の保護者の提案が信じられなかったようだ。

しかしはじめこそ、あまりいい顔をしなかったものの、この一ヶ月の働きを認めてくれたのか、こっそり確認したバイト料は最初に提示されていたそれよりも多かった。

(まあ、ばれなきゃ、いいわな)

あげくまるきり最初の言を翻《ひるがえ》した義一が軽口とはいえ、「このまま高校を出たら就職して来い」と誘《さそ》いをかけてくるからおかしかった。

実際に今まで希は、初対面でほとんど実年齢を見破られたことはなかった。

繊細《せんさい》で甘い造りの頰の輪郭《りんかく》も、よく見ればまだ幼いラインを描《えが》いてはいるし、特に老《ふ》けた顔なわけでもないから、これは雰囲気《ふんいき》というか、印象の問題だろう。

希の際《きわ》だって怜悧《れいり》な顔立ちに表情の少なさが加われば、どこか冷ややかな影《かげ》を刷き、本当は丸い大きめな瞳《ひとみ》も伏《ふ》し目《め》がちにしていると、長い睫毛《まつげ》の影で切れ長に鋭《するど》く映る。また、全体に華奢《きゃしゃ》ではあるが小柄《こがら》ではなく、すらりとしたスタイルをしている上、頭が小さいので実際の身長よりも背が高く見られることも多かった。

クセのない漆黒《しっこく》の髪《かみ》はさらさらのストレートで、やや前髪は長めだけれどすっきりと形良い頭のラインを見せつけるように揃《そろ》えられている。今時ではむしろ珍しいその清潔さも落ちついて見える要因だろうか。

実際にはもの慣れない、気の利《き》いた会話もできない不器用なだけの性格なのだが、自覚があるからこそ慎重《しんちょう》に振《ふ》る舞《ま》う所作はおっとりと落ちついて見え、だから大抵《たいてい》は大学生くらいだと思われるようだ。

希は、あの店の中でだけ「無口で静かな、影のある青年」になる。多分に容姿で騙《だま》している ような気もするけれど、それは仕方がないだろうと言ったのは、叔父の玲二だ。

(仕事自体は真面目《まじめ》にやっている。キャラクターのことまでは、都合よく思いこんでいて戴《いただ》ければいいいんじゃないの?)

この一ヶ月でなんだか激しい誤解が生まれた気がするんだがと首を傾《かし》げた希の頭を、真面目だねえと笑って叩《たた》いた。

(おまえがキャラ作ったわけでなし、勝手に誤解してんだから、させときな)

十一歳年上の玲二は希の唯一《ゆいいつ》の理解者で、同居人で、保護者だ。若い頃から非常な変わり者だったらしく、その類《たぐい》まれな美貌《びぼう》と相まって親戚《しんせき》中から浮《う》き上がっている。

通常ならば、いくら自分が勧めているからとはいえ、未成年にジャズバー勤めは勧《すす》めはしないだろう。

だからこそその、理解者なのかもしれない。希自身、家でも学校でも浮きまくっていることは自覚していて、友達といえる人間のひとりもいない状況《じょうきょう》が、普通《ふつう》ではないことなどわかりきっている。

同居して、一年と少し。その間どこにも身の置き場がないまま、義務的に学校へ行く以外は遊び歩くでもなく、マンションの自室で閉じこもっているだけの生活は、慣れたものとはいえつまらなかった。

そんな甥《おい》に対し、「引きこもってるくらいなら、ぼくの仕事手伝いなさい」と言い出したのは玲二の方だ。義一とも懇意《こんい》である上、実質の人事権も玲二が持っているから、ある程度の融通《ゆうずう》はきくと引っぱり出されたのだ。

最初は気乗りしなかったものの、よけいなことを考える暇《ひま》もなく、そこそこ忙《いそが》しい「3・14」でのアルバイトは、希には案外心地《ここち》いいと知った。

仕事の内容としては多分、普通のレストランのウエイターと変わらないだろう。開店前に掃除《そうじ》をして、客が入ればオーダーを取り、食事とアルコールを運ぶ。

はじめは少し気恥《きは》ずかしかった制服のギャルソン姿も慣れ、あの丈《たけ》の長いエプロンを細すぎる腰《こし》に巻いてほどよく見せられるようにもなった。

まだ比較的《ひかく》幼い頃から、人生に対してどうしようもない倦怠感《けんたいかん》を拭《ぬぐ》いきれない希には、気の抜《ぬ》けない目まぐるしい接客業は、意外に向いていたらしい。なにより、極端《きょくたん》に誤解されたままのキャラクターのおかげで、素《す》の自分を意識しなくても済むし、接客上のトラブルも「個人」ではなく「店員」としての対応に不満を持たれたわけだからと、頭を下げても苦にはならなかった。

愛想《あいそ》はないが真面目で、掃除や後片づけにも手を抜かないと、先輩《せんぱい》ウエイターたちにも感心されている。腰の低さも、丁寧《ていねい》ではあるが卑屈《ひくつ》にはならないとこれも勝手に評価された。

また、繊細に整った小さな顔立ちと、そこそこの身長だが骨格の細い希の容姿は、お姉さまの客に受けもよく、結果として店には貢献《こうけん》できたようだ。

（来月も頑張《がんば》ってくれよ。これは、期待分も見越《みこ》したヤツだからな）

給料を渡《わた》しつつくわえ煙草《たばこ》で片目を瞑《つぶ》るという、気障《きざ》な顔もさまになる男前の店長は、周りには内緒だぞと、希にこっそり告げた。

（真面目で丁寧、ミスも少ない。新人にしちゃ上出来だ）

そう告げられた希の、普段は冷たいほど無表情な顔に、本人さえ無自覚な年相応の笑顔が浮かんだことを知っているのは、その場にいた玲二と義一のふたりだけだ。

（頑張ったかな、……俺）

人に、必要とされることは、希の中に根付いた暗く倦《う》んだ感情を払拭《ふっしょく》してくれるようで、胸の中がふわりとやわらぐ。評価されたその結果であるバイト代が、だから金額ではなく嬉《うれ》しいのかもしれない。

（嬉しい、……うん、嬉しいんだなきっと）

褒《ほ》められて嬉しい、そんな感情を思い出したのは数年ぶりで、足取りさえ軽くなる自分が恥ずかしくもあるが、高揚感は抑《おさ》えきれなかった。

また、あの店には密《ひそ》かな楽しみがある。

（明日も、ライブだし……休憩《きゅうけい》時間、聴いてられるかな）

無趣味《むしゅみ》で無感動だった自分が信じられないくらいに、希はあの店で行われるジャズライブにはまっていた。

とはいえ希は、バイトをはじめるまでジャズに興味などなかったし、ろくに聴いたこともなかった。なんとなくだが、自分にはまだわからない、クラシックと同じく難解な音楽であるような印象があったのだ。

若者らしからぬことだが、テレビをほとんど見ない、ラジオも聴かない希は、実のところ音楽全般《ぜんぱん》に疎《うと》く、学校の授業で習わされるそれしかろくに耳にしていなかった。

しかし、はじめて連れてこられた「3・14」の店内。生で聴いたジャズは、気怠《けだる》げであったかと思えば激しく、それでいて深みがあって、切ない情動を揺《ゆ》り動かした。

(こんな音楽が、あったんだ……)

中でも、テナーサックスのやわらかい音色はどこか官能的で、あまり感情が動くことのない希にしてみれば衝撃《しょうげき》的なまでにその音楽に惹《ひ》かれた。

そして、それを奏《かな》でる青年のこともまた、希は密かに憧《あこが》れている。シフトの日程もできるだけ彼の入る日に合わせてくれとこっそり玲二に頼んでいるほどで、趣味と実益を兼《か》ねたこのバイトが今では希の唯一の楽しみなのだ。

見上げるような長身で、端整《たんせい》な顔立ちをした彼の名は、高遠信符《たかとおしのぶ》という。希よりちょうど十年上の、「3・14」で定期的なライブを行うプロのサックスプレイヤーだ。

店長の義一、叔父《おじ》の玲二とは旧知の仲であるためか、人手の足りないときにはバーテンダーやウエイターの仕事もこなしているのが奇妙《きみょう》だが、この店でのライブ自体採算もとれず、半分趣味の仕事であるらしい。友達のところに顔出しついで、といったところなのだろう。

希の中のイメージとして、プロのミュージシャンといえば随分浮《ずいぶんうわ》ついた私生活を送っていそうな気がするものだが、高遠はむしろその逆だ。店内でもライブの最中にも、熱量が低く物静かで、不思議と目立たない雰囲気《ふんいき》を持った男だった。

希自身は、高遠と会話をしたことはないに等しい。というよりも、無口で静かと言われている希の数倍、高遠は口が重かった。

実際、店の仕事はもののついでで、本来はゲストである彼の立場的にも、普通のウェイターがおいそれと声をかけられない部分はある。

またそのルックスにおいても高遠は近寄りがたいものがあった。

まず日本人離《ばな》れした長身と細身ながらのスタイルのよさ。いかにも自由業の匂《にお》いがするざらりと長い髪をしていて、その隙間《すきま》から覗《のぞ》く鋭角《えいかく》的な輪郭や、形よく薄《うす》い唇《くちびる》は酷薄《こくはく》な印象がある。虹彩《こうさい》と瞳孔《どうこう》の境目もわかりにくいほど色素の薄い、やや下がり気味のラインを描くが切れ長の瞳は、まったく表情が読めない分だけ威圧感《いあつかん》が強い。

そんな彼が仕事中に近くに来ると、観察されているようで緊張《きんちょう》もする。だが、ごくまれに必要最低限の言葉をぼそりと落とす低い声に他意がないと知ってからは、むしろ苦手な愛想をまかずに済むだけ気が楽だった。

地味だが的確な音を出し、その技術や無駄口《むだぐち》のない仕事中の態度には、素直な男らしさを感じて、こういう大人になれたらとぼんやり思う。

（明日は、なにやるのかな）

そしてなにより、高遠の奏でる音が希は好きだった。

スタンダードジャズから、オリジナル、またはポピュラーのジャズアレンジまで、その日によって違《ちが》う。そのバリエーションの豊かさにも感動して、だから一度でも聴き逃《のが》したくはなかった。

とはいえ本業である学生生活に差し障《さわ》りのないように、シフトはいつも早番であがらされる。だが、元々夕刻から深夜にかけての営業時間内では、早くても夜の十時に帰途《きと》につくのが精一杯《せいいっぱい》で、この夜も既《すで》にかなりな時間になっていた。

「……さむっ」

暦《こよみ》の上では春ももう終わりになるというのに、花冷えのせいか夜風はずいぶんと冷たい。なめらかで日に焼けない頰《ほお》を寒さに紅潮させ、玲二に借りたコートジャケットの前をかき合わせれば、裏地の胸ポケットに入れた封筒《ふうとう》がまた気にかかる。

(たかられないように気をつけなよ？)

持ちなれない大金を抱《かか》えた上、責任者であるため毎夜午前様の帰宅になる玲二にそう送り出されて、いささか緊張しているのかもしれないと希は思う。

東京の渋谷《しぶや》や新宿のように、全国的に有名かつ危険な歓楽街《かんらくがい》ではないけれども、このあたりも案外物騒《ぶっそう》ではあるのだ。

華《はな》やかに着飾《きかざ》った少女やカップルの行き交う通りでも、ひとつ路地を曲がれば、どんな取引が行なわれているとも限らない。横須賀《よこすか》あたりから流れてくる怪《あや》しげなものには特に注意だと、自身がそこそこにアブナイ経験を積んでいた叔父がこんこんと諭《さと》して聞かせた話が脳裏《のうり》によぎれば、手の内に金を握《にぎ》った夜にはどうしても足が早くなる。

むしろ人通りの多い方を通ろうかと、何の気なしに進路を変え、勾配《こうばい》のきついくねった路《みち》を右手に逸《そ》れると、しかしいかにも夜の街らしい光景にぶつかった。

（うわ……道、間違えた）

昼に通りすがってさえどこか薄暗《うすぐら》い印象のこの路地には、ラブホテルがひしめいている。バイパス沿《ぞ》いや田舎《いなか》に見かけるそれとは違い、派手なネオンなどないけれど、さり気ない外観のそれがいかにも「用足し」のためのようで、希は軽く眉《まゆ》をひそめる。すえた空気の気配が伝わってくるようで、軽い嫌悪感《けんおかん》を覚えた。

華やかな容姿と一見は冷たく落ちついた態度のおかげで、バイト仲間や客にはそこそこ遊んでいる風に見られる希ではあるが、実のところそちら方面の経験はまったく皆無《かいむ》だ。

あの店に勤めるようになってから、逆ナンパをかけられることも多く、相手が客と思えばなかなか無下《むげ》にもできずに困っていた希に、こう進言したのは、やはり変わり者の叔父だ。

（そういうのは、にっこり笑ってはったりかませばOKだよ）

その教育の賜物《たまもの》で、ひと月も経《た》てば女客のあしらい方だけはなんとか巧《うま》くなったものの、実際のところ希の肌《はだ》は誰の体温とすら重ねあったことなどない。

第一、学校でもひとり浮《う》いていてろくに友達もいないような希に、まともな彼女などできようはずもないし、作りたいとも思わない。

実際、自分でも異常なくらいに、希はその方面への欲求は薄い。むしろ嫌悪しているといっても過言ではないのだ。

だから、そそくさと俯《うつむ》きながらその場を通り過ぎようとしたのだが、数十メートル先のホテルからひと組の男女が出てきたところで、希は仕方なく歩みを通常のスピードに落とした。

（ちぇっ……）

こんなところを初心《うぶ》な表情をさらして早足に通り過ぎれば、いかにも「童貞《どうてい》です」と言っているようなものだ。店でも酔《よ》っぱらいなどに変な風にからかわれたこともあったので、よけいにこの手の艶《なま》めいたことは苦手になっている。

思春期の少年らしい過剰《かじょう》な自意識と妙《みょう》な自尊心から、なるべく何気ないように視線をめぐらした希は、だが自分の歩みにつれて少しずつ近づくカップルのうち、男の方が妙に目につくことに気がついた。

ひどく背の高い男だな、と最初はぼんやりと思う。

流行のブーツを履《は》いた女のヒールは高く、またするりと頭身の高いスタイルから、そう小柄《こがら》にも見えない。それでいてさえ、やっと男の肩口《かたぐち》に頭が届くほどなのだ。

細いがめりはりのついた身体《からだ》を、最近また流行の復活したボディコンシャスなワンピースに包み、紫《むらさき》がかった光沢《こうたく》のベロアの布地がやけに艶めかしい感じがする。

（やらしいなあ……）

ちらりと見た一瞬《いっしゅん》のうちに観察を済ませた希は、胸のうちで嫌悪感を催《もよお》す。あまりきわどい衣服の女性は、どうにも好きになれないのだ。

しかし後ろ姿からでさえ、それがかなりのレベルのルックスをもつ女だということは知れた。

背中に隙《すき》がないというのは相当なものだ。けれど、そんな女がどこか乱れた風情《ふぜい》でいるのは、その女と相対している男のせいなのだろう。

（ていうかモデル……？）

夜目ではっきりはしなかったが、どこかつまらなそうな気配の男の、不揃《ふぞろ》いでやわらかそうな茶色の髪《かみ》は長く、きっかりしたラインの顎《あご》の他《ほか》には彼の顔立ちを隠《かく》してしまっている。洗い晒《ざら》しのジーンズとこれもなにも気取るところのない白いシャツという、そっけない服装ではあるが、安い印象がないのはその水際《みずぎわ》立ったスタイルの良さのためだろう。

肩幅《かたはば》は広かったが、むしろ体型はスレンダーな方だろう。厚みのある肩からの引き絞《しぼ》るようなライン上、高い位置にあるウエスト、すらりと伸《の》びた脚《あし》は長く、布地を通してさえ鍛《きた》えられた身体であると解《わか》る。

しなだれるようにまつわりつく女の身体を抱《だ》き返しもせず、面倒《めんどう》そうに二言三言返すさまがいかにも憎《にく》い感じで、同性ながらやっかむよりも、「いるものだなあ」などという感嘆《かんたん》を希は覚えた。

しかし、近づくにつれて男に覚える奇妙な違和感《いわかん》は強まっていく。

（どっかで見たような……？）

あれほどのレベルの男であれば、絶対に覚えていると思うのだがと、もやもやする気持ちはさらに強まっていく。

（店の客……？　いや、でも……）

そしていよいよ彼らとの距離《きょり》が、あと数メートルを残すばかりになった頃《ころ》、希は驚愕《きょうがく》のあまり立ち止まった。

焦《じ》れたような素振《そぶ》りをした女が、強引に背の高い男の頬に指を添《そ》え、引き寄せて口づけるというアクションに出たのだ。

「……え!?」

路上でのキスは今さら珍《めずら》しいものでもない。艶めいた仕草ではあったが、そればかりであったならばひやかしの声でもあげるか、そそくさと俯いて通り過ぎるばかりであっただろう。

だが、その口づけの一瞬、男の長い前髪《まえがみ》が崩《くず》れた。

のぞく高い鼻梁《びりょう》。やや下がり気味の、だが端整《たんせい》で鋭《するど》い目元には、いやというほどに見覚えがあった。

「ま……さか……」

思わずこぼれた小さな呟《つぶや》きに、怠《だる》そうに伏《ふ》せられていた男の目線がふっと上がる。

そして希の姿を捕《と》らえ、一瞬の驚《おどろ》きを覗《のぞ》かせたあと、薄《うす》い色合の瞳《ひとみ》は眇《すが》めるように細められた。

呆然《ぼうぜん》と立ち竦《すく》む希の目前で、生々しい口づけをかわしているその男は、見覚えがあるなどというものではない。

「たかと……さん……?」

信じられない、と大きな二重の目を瞠《みは》った希は、思わず状況《じょうきょう》も忘れて食い入るように、彼を

──高遠を見つめてしまう。

最初は見間違《みまちが》いかと思った。

あの無口で、言葉が少し不器用に感じられる年上の男は、どちらかといえばストイックな印象さえあったのだ。

酒の入る店の中、気の緩《ゆる》みがちな女性客やバイトの女の子に受けのいい希とは違い、その圧《あっ》倒《とう》的な長身と視線の鋭さから、むしろ怖《こわ》がられているのだと、そんな風に思っていた。

ステージでは、あんなにも情熱的にサックスに指を絡《から》ませているのに、普段《ふだん》の高遠はことごとく温度が低い。笑った顔など見たこともない。

よく見ればかなり派手なルックスをしているのに、例えば控《ひか》え室《しつ》で休む間や、店内でバーテンダーの仕事をしていても、不思議なほどに高遠は目立たなかった。酒を扱《あつか》う店らしくやや落としてある店内の照明に合わせたように、すっと気配が薄くなるのだ。

その印象は、フルートグラスに注《つ》いだ酒越《ご》しに眺《なが》める光のように淡《あわ》くて、涼《すず》やかだった。

だからこそ、その静謐《せいひつ》さに気づかない女たちを少し侮《あなど》って、また軽薄《けいはく》に振舞《ふるま》わない彼にも、憧《あこが》れていたのだ。

それでも、高遠もいい年の大人だ。こんな一面があってもおかしくない。むしろ当たり前なのだと思うべきなのに、希の脳裏にはただひたすら、否定の言葉が回ってしまう。

（嘘《うそ》だろう──!?）

そうして、ショックを受けている自分に、また混乱して、ただ愕然《がくぜん》と立ち竦む。

しかしその不躾《ぶしつけ》な視線にも、高遠は怯《ひる》んだ気配もなかった。

顔見知りにこんな場面を見咎《みとが》められれば、普通《ふつう》はうろたえるか、ばつの悪い顔を見せるものだろう。

しかし高遠は、あえて見せつけるかのように、女の細い腰《こし》に、そうしてはじめて手を回す。

希の瞳を見つめたまま、顔の角度を変え、絡む舌先と口紅に汚《よご》れた口元を見せ、獰猛《どうもう》な目つきで静かに微笑《ほほえ》んだ。

「――――っ!?」

笑ったのだ、たしかに。

射貫《いぬ》かれたような衝撃《しょうげき》が希の身体を竦ませる。早くこの場を去らなければと思うのに、指一本動かすことができない。

長い間女の唇《くちびる》をもてあそんだ高遠は、しなりながら震《ふる》える腰に回している長い指を踊《おど》らせ、淫靡《いんび》な動きで撫《な》で回した。独特の艶《つや》のある布地の上を滑《すべ》り、吊《つ》り上がった丸く形良い尻《しり》へと辿《たど》り着く。

ごくり、と希の喉《のど》が上下したのに気づいたわけでもあるまいに、ひどく楽しげな、そのくせ危険な笑《え》みを浮かべたまま、そのやわらかな肉にしなやかな指の形がはっきり解るように、強く食い込ませてみせた。

(なにっ……‼)

ぞっとするような衝動が、希の爪先《つまさき》から脳天まで駆《か》け上がる。

「ああ……っ」

濡《ぬ》れた声が女の唇から発せられ、しかしそれはまるで自らの発したもののように感じられた。

陶然《とうぜん》とするほどの恐怖《きょうふ》が、背筋を幾度《いくど》も幾度も駆け上がる。

普段はテナーサックスを奏《かな》でる、繊細《せんさい》で強い高遠の指が、卑猥《ひわい》な形に曲がる。ぴったりと張りつくミニスカートの中身を知らしめるように、中心部にそってそれが撫で下ろされた瞬間《しゅんかん》、希はくるりときびすを返した。

逃《に》げるのだ、とそればかりが頭にはあって、もと来た道を必死で駆けおりていく。

逃げるのだ、逃げなければ、そうでなければ、自分は。

あの男に、犯《おか》される。

＊　＊　＊

どこをどう辿ってきたのか解らないまま、気づけば自室の玄関《げんかん》のドアを勢い良く閉めているところだった。

「――……なんだあれ」

呆然と呟き、へたり込むようにドアに背中をつけたまま、ずるずるとくずおれた。耳鳴りがするほどに高ぶった鼓動《こどう》につれて、浅い呼吸を繰《く》り返す。

あれは本当に高遠だったのだろうか。

あの清廉《せいれん》で無口な、青年なのだろうか。

「なんだよ……あれは……っ」

そして、ひどく裏切られたような気分でいる自分のことが、さらに不可解だった。なんだか傷ついているような感覚を持て余し、その理由を知りたくなくて、冷たい玄関にへたり込んだままの希の脳裏《のうり》に、絡め取るような視線が浮《う》かぶ。

一瞥《いちべつ》で、衣服の中まで見透《みす》かされ、そのまま肌《はだ》を直接舐《な》めあげられたような気分だった。

「……っ、なん、で……っ？」

その瞬間にぞくりと背中が震え、こめかみを汗《あせ》が伝い落ちる。そっと指で撫でられたかのようなその感触《かんしょく》に、肩《かた》で息をしたままの希は、誤魔化《ごまか》しようのない熱が体内に生まれたことを悟《さと》った。

「……あ」

ぐったりと投げ出された自らの下肢《かし》に指を伸《の》ばしたのは無意識で、軽く触《ふ》れた瞬間後戻《あともど》りができないところまで高ぶっていることを知る。

ここが玄関先であるとか、いったい自分は何をしようとしているのかとか、もうなにも考えられないまま、ジーンズのジッパーを下ろす。

「なんで、ぁ……っ、ああ、あ……！」

目を閉じ、走っている間中自分を苦しめていた獣《けもの》の部分は既《すで》に雫《しずく》を零《こぼ》しはじめていて、拭《ぬぐ》うように触れればもう、我慢《がまん》できずに握《にぎ》りしめてしまう。じわん、と身体中が濡れていくような感覚に沈《しず》み込めば、そのまま恥《はじ》もなく性器を擦《こす》りあげるしかなかった。

「ああ、うん、ん、くぅ……っ」

冷たいコンクリートに尻をついたまま冷えていくはずの体温は、けれどたった一箇所《いっかしょ》への刺《し》激《げき》によって少しも下がる気配がない。むしろ、生々しい熱はどんどんと上昇《じょうしょう》し、今までに覚えたこともないほどの射精感が強まっている。

「ひっう、……う、んっ、んんっ、んん！」

なにをいきなりサカっているのかと自分の中の理性が囁《ささや》くが、もう出したくて達したくてたまらず、混乱するままにかぶりを振《ふ》りながら希は自慰《じい》を続けた。

「や……んっ、なに、これ、……っ」

きつく閉じた瞼《まぶた》の裏に、金色に光るものを見た。その光は真《ま》っ直《す》ぐに鋭く希の胸に突《つ》き刺《さ》り、かき乱し、この尋常《じんじょう》でない官能を掘《ほ》り起こすように揺《ゆ》さぶってくる。

「なに、なんで？……止まんな……っあ、あ、あっ」

やめて、と叫《さけ》びそうになって、しかし咎めるべき相手はいない。ここには希の他に誰《だれ》もいるはずがないのに、唆《そそのか》されるまま淫蕩《いんとう》に動く指が腰が止まらない。

終わりそうで終わらない、焦《じ》れた感覚に身を捩《ねじ》れば、なにかを求めるように突き上がる腰が恥《は》ずかしく、お願いだから誰かやめさせてくれと希は願った。

「ああ、や、や、だあ……っ」

高遠の瞳《ひとみ》が、指が、恐《おそ》ろしかった。

理由も、その根拠《こんきょ》もわからないままただ、犯される、と反射的に思って、しかしもうその瞬間には、すべてが手《て》遅《おく》れだったのかもしれない。

「やっや……へん……へんだよぉ……！」

切れ切れの浅い吐息《といき》の中に、どうしようもない甘さを含《ふく》んだ声が混じり、引っきりなしに零れていく。

ほどなく濡れた音を立てはじめた希の幼い性器は、尋常でないほどに高ぶっている。たまにする自慰とは較《くら》べられないほどの妄《みだ》りがわしさで、絡め取った十の指先を複雑に動かした。

自分の指ではないようだった。こんな恐ろしいような快感などは知らない。誰にさえ触れさせたことのない部分を、しかしいま高遠の指が汚《けが》しているのだと、希は感じた。

「……な、で……たかと——……さ……、なんで……っ」

あの男が。

コレをいま触《さわ》っている。

あの長い指を卑猥に動かし、きつく揉《も》んで、扱《しご》き、そしてそれをじっと眺めながら。

微笑《わら》うのだ、あの、危険に甘い目つきで。

「やめ、あ……あ————……！」

迸《ほとばし》った悲鳴は、甘く濁《にご》った快楽に染まった。

そうして、瞳の奥が痺《しび》れるような歪《ゆが》んだ快感に沈み込み、記憶《きおく》の中にある高遠の視線に促《うなが》されるまま、希は白濁《はくだく》して汚《よご》れた欲望を手のひらと床《ゆか》に放っていた。

＊　＊　＊

翌朝の目覚めは最悪な気分とともに訪れた。実際、ろくに眠《ねむ》れないままうとうととして、朝方帰宅した玲二がいきなり掃除《そうじ》してある玄関に疑問を抱《いだ》きはしないかとびくびくしていたのだが、特に何事もない様子を感じてようやく、眠りにつけたのだ。

「のーぞーむー？　遅刻《ちこく》するよ？」

ドアをノックする玲二のやわらかな声音がかけられ、開けるよ、との言葉の後に鍵《かぎ》のかからないそれが開かれる。

「あれ、起きてるの？」

ベッドの中、布団《ふとん》の端《はし》をつかんで丸まっている甥《おい》の姿に、ドアから顔を覗かせた玲二は口元を綻《ほころ》ばせた。

「起きなさい、もう時間だよ」

希によく似て、けれどもう少しシャープな印象のある容貌《ようぼう》の彼は、さらさらと音が聞こえそうな長い髪《かみ》を後ろでくくっている。それが、高遠と同じほどの長さだと気づいた瞬間、希の胸の中にはまた嫌《いや》なしこりが感じられた。

「玲ちゃん……」

「んん？」

「今日、ガッコ行きたくない……」

そうして、もそもそと上がけの中に潜《もぐ》り込み、はなはだ重苦しく呟《つぶや》いた希に、玲二は言った。

「そう？　じゃあ、もう少し寝《ね》ておく？」

「――……ううん、もう起きる……」

決して咎《とが》める言葉を吐《は》かない保護者に、却《かえ》って罪悪感がわき上がるのは勝手とわかっているから、やさしい声音に促されるようにして希はようやく起きあがる。

「じゃあ、ご飯する？」

「自分でするから、玲ちゃん寝ていいよ？」

一年と少し前、突如《とつじょ》この家に転がり込んだ甥っ子のせいで、夜の仕事を持つ玲二の生活は昼夜逆転がさらにひどくなった。

仕事からの帰宅が深夜の早くて三時、本当ならそのまま就寝《しゅうしん》できるはずなのに、朝に弱い希を起こした後に眠りにつくのがこのところの彼の生活パターンになっている。

「いいよ、希が作ると台所汚れるから」

「……ひっでえ」

それでも、軽口を叩《たた》いてくる叔父《おじ》の言うことがあながち外れていないだけに、希は膨《ふく》れるしかできない。

一点集中過ぎる性格の故《ゆえ》か、はたまた「ひとつのことしかできない」と昨今噂《うわさ》の男性脳のせいか、なにかをしながら他《ほか》のことをするというのが希はヘタクソだ。それゆえに、一品だけの料理ならなんとかこなせるのだが、手際《てぎわ》が悪い上に同時に片づけができないもので、洗い物が恐ろしく大量に発生してしまう。

「でも、徹夜《てつや》だろ？　眠くないの？」

それでも、深夜まで働いていた叔父にこれ以上は悪いと思って言ったのだが、玲二はふわりと笑うだけだ。

「徹夜ったって、起きたの夕方だし平気だよ。それに腹減ってるし、ぼくも食べるから」

元々繊細《せんさい》な造りの玲二の顔立ちは、そんなわけでさらに日に当たらないからなお白く透明《とうめい》になり、見慣れたはずの希でもはっとするほどに儚《はかな》げに映る。

だが実際のところの玲二は、虚弱《きょじゃく》そうな見た目に反して随分《ずいぶん》と頑丈《がんじょう》で、二、三日寝なかったところで全く平気という。あげくそのなめらかな肌《はだ》にはクマひとつ浮《う》かないのだから、人は見かけによらないというか詐欺《さぎ》というか。

「卵は？」

「半熟の目玉」

結局、手早く朝食の支度をはじめた玲二に任せ、希は顔を洗いに立った。

ざばざばと冷たい水で顔を洗い、据《す》え付けの鏡に映った自分の顔を見れば、ひどい有様だと思う。

「うえ……目、真っ赤」

これでは玲二もなにも問うまいと思いつつ、この腫《は》れ上がった瞼の理由を思い出せばまた、昨晩の自分の痴態《ちたい》に顔が赤らみ、また青ざめた。胃の奥に石でも詰《つ》め込まれたようなこの気分は、玄関先《げんかん》を汚した自分のそれを、情けなく涙《なみだ》ぐみつつ始末した瞬間《しゅんかん》から去っていかない。

何しろこの重たさは、他者によってもたらされたものではない。完全に自己嫌悪《けんお》なだけに、どうにも感情の持って行き場がないのだ。

（色情狂《しきじょうきょう》にでもなったかと思った……）

若さに見合わず普段《ふだん》が至って淡泊《たんぱく》で、ろくに自慰の必要も覚えたことのない希にとって、あの出来事はかなりの衝撃《しょうげき》だった。

「希？　もう焼けちゃうよ」

「っあ、はーい」

またろくでもない物思いに耽《ふけ》りそうになったところを救ってくれたのは、玲二の涼《すず》しげな声で、慌《あわ》てて濡《ぬ》れた顔を拭《ぬぐ》った希は寝癖《ねぐせ》のついた髪もそのままに、キッチンへとって返した。

広いフローリングのそこにちんまりと置かれたローテーブルの上、目玉焼きとサラダとトーストが置かれている。先に食べなさいと、今度は自分の分を作りながら言う玲二の細い背中に声をかけた。

「……お先にいただきます」

「はい召《め》し上がれ」

この挨拶《あいさつ》も、玲二との共同生活で身につけられたようなものだと思う。

リビング兼《けん》ダイニング、といえば聞こえはいいが、３ＬＤＫの無駄《むだ》に広いマンションには、およそ生活臭《しゅう》というものがない。テーブルといえばふたり分の食事を置くのがやっとの大きさのこれ一台しかないし、本来ここでくつろぐためのソファベッドは今、希へベッドを譲《ゆず》った玲二が使っている。

床に敷《し》いたラグの上に直接座るのはやはり冷えるからと、先日ようやくクッションだけは購《こう》入《にゅう》したが、だだっ広い十二畳《じょう》もある空間に、ほとんどそれしか生活用品がないのは少々異様でもある。そのくせ、壁面《へきめん》にはやたらに大きく高性能そうなパソコンやAV機器が設置されていて、もしかするとそれらに圧迫《あっぱく》されて家具の類《たぐい》が置けないのではないかと思うほどだ。

先ほどから朝のニュースが流れるテレビも最新型の壁面設置型のもので、映画などを見たらさぞかし迫力だろうという大きさと音の良さだが、今は昨夜《ゆうべ》の暴行事件の内容を淡々《たんたん》と読み上げられているのみだ。

幸い、キッチンは棚《たな》も据え付けのタイプだったため、食器や生活用品を納めるのはもっぱらそちらが収納先になっている。それすらなかったら、この玲二のことだから台所にまで機材を持ち込みかねないのではないかと希は考える。

（……まあ、俺が口出すことじゃないけど）

このマンションは賃貸ではなく、支払《しはら》いは途中《とちゅう》だが玲二の持ち物で、居候《いそうろう》の自分ごときがその生活にとやかく言う筋合いはない。

しかも本来はのびのびとした独身生活を送るマンションに、まだ二十代の青年が親戚《しんせき》を預かるというのは結構面倒《めんどう》なことなのではないかと思うのだが、玲二はそのことに対して恩を着せるでもなくさらりと笑う。

いるとは思う。

だからといって、まったく干渉《かんしょう》されないわけもなく、むしろ随分細やかに気を遣《つか》って貰《もら》っている。

「——出欠は足りてる？」

自分の卵をスクランブルにして手盆《ぼん》で運んできた玲二が、もそもそとパンを齧《かじ》る、ずる休みの甥《おい》に問うのはそれだけだ。

「うん、まだ平気のはず」

関心がないわけでもなく、気にかけながらただ許す、そんな風に振《ふ》る舞《ま》ってくれる玲二の隣《となり》が、希は一番落ちつく。

玲二が見た目に反して無駄に丈夫《じょうぶ》なのは体質だけでなく、その精神においても逞《たくま》しく健康だ。風変わりで、常識では測れない理屈《りくつ》や持論の持ち主ではあるが、彼なりのポリシーがあるからそれでいいのだろう。

希自身も、病弱とはほど遠いと己《おのれ》でも思う。血筋のようだが、親戚には男も女も総じて希や玲二のようなひどく柔和《にゅうわ》な美形が多く、小柄《こがら》ではないが骨格も華奢《きゃしゃ》なものだ。しかし、見た目に反して身体的にかなり健康な者が多いのも遺伝しているのだと思われた。

それだけに、昨年度の高校の出席日数が実は留年ぎりぎりであった事実が、情けなくも感じられた。

希は、中学時代には半ば不登校児の状態だった。勉強は嫌《きら》いではないので成績は悪くないもののの、協調性というお題目で個性を殺し合い、平等という名目で人の足を引っ張り合う集団の中に、なぜ強制的に入れられなければいけないのか今でもわからない。

わかりたくもない、と吐息《といき》した希は、先ほどまで陰鬱《いんうつ》な事件を流していたテレビの画面が、いきなりカラフルに変わったことに気づいた。

『――て、今日の芸能トップニュースは、アイドルグループＵｎｂａｌａｎｃｅのドーム公演から――』

ＢＧＭの雰囲気《ふんいき》が一変し、スポーツ紙のトップニュースをランキング形式で紹介《しょうかい》するそのコーナーになった途端《とたん》、玲二がリモコンを手にした。

大画面は途端に、素っ気ない教育テレビの英会話講座に切り替《か》わる。

「……気を遣わなくても平気だよ？」

小さく呟《つぶや》いた希のそれには聞こえないふりをした玲二は、もう一度チャンネルを変えて、画面に国営放送のニュース番組を映し出す。

「ありがとね」

「う～ん？……ありゃりゃまた脱税《だつぜい》か……」

希の言葉には応《こた》えない玲二の、その横顔にはなんの気負いも見られなかったけれど、気遣いがひどく胸に染《し》みる。

実際には少しだけ、あの色とりどりの画面に映った「Ｕｎｂａｌａｎｃｅ」の文字に、今でも背中を固くする自分を知るから、情けないなと希は思う。

（もう――何年前だと思ってるんだよなあ）

あのグループの中で脚光《きゃっこう》を浴びていたのは、ほんの一瞬《いっしゅん》のことだった。その数倍の年月をかけてさえも忘れきれない自分が、歯がゆいような気もするのだけれど。

「……あのね、希」

「ん？」

そうっと、声をかけてくる玲二は、そのことによってまだ幼かった甥が、人とまともに口も利《き》けなくなった時期を知っている。

「兄さん——お父さん。今度、三者面談だろう。呼ぶか？」

「……いい、いらない」

そしてそれが、希自身の咎《とが》ではなく、彼を取り囲んだ環境《かんきょう》のせいだと、ただひとり希の視線で理解してくれたから、希は玲二がとても好きだ。

「玲ちゃんが、いい。……だめ？」

おそらくはこのひとりには広過ぎる部屋も、恋人《こいびと》と住む予定だったのだろうと薄々《うすうす》感じている。それなのに玲二は、空いている部屋だから好きに使えと行き場のなくなった希を抱《かか》え込んで、それでいて上手に放っておいてくれた。

「しょうがないなあ……」

甘える声を出す方法も、そしてそれを聞いてくれる人がいることも、ようやく覚えてまだ一年目の、赤《あか》ん坊《ぼう》のような目をした希の髪《かみ》を、繊細《せんさい》な叔父《おじ》の指がやさしく、撫《な》でていった。

＊　＊　＊

「3・14」は横浜某所《ぼうしょ》の繁華街《はんかがい》から少し外れたあたりに存在する。コンクリート打ちっ放しの外装はシンプルで、ごてごてとした看板もない。駅からは歩いて徒歩十分といったところだが、地の利がいい割にさほど目立たないのはこの、素っ気ない外装のせいだろう。

時間になると設置される小さなスタンド式の看板は、今は電源を切られている。表の入り口からは地下に下りる階段があり、キャッシャー兼受付のカウンターを通って中に入ると、バーカウンターのあるフロアの真ん中がぶち抜《ぬ》きになり、さらに下の階になるライブステージが見える。ステージの前の空間は、人の多いライブでは椅子《いす》だけを並べて完全なライブハウス形式になり、通常営業時にはテーブルを並べて食事を楽しめるようになっている。

「オハヨー」

「おはようございます……」

この店の挨拶は時間が何時でも「おはよう」になっている。珍《めずら》しく連れ立って現れたふたりに、義一はさわやかに笑ってみせる。

「おう、おはよ。……なんだ希、あくびして」

「や、ちょっと……寝起《ねお》きなんで」

希は結局、あの後玲二と一緒《いっしょ》に昼寝《ひるね》をしてしまい、逆転した時間帯に身体《からだ》がしっくりこないでいる。

　あのまま学校には行かなかったものの、ここでバイトをも休むのはなぜだか悔《くや》しいような気がして、夕刻を過ぎて起き出した玲二と共に出勤することにしたのだ。

「おいおい、玲二に付き合って生活崩《くず》すなよ」

「義一っちゃん、それどーゆー意味さ。……ちゃんとしてるよぼくは」

「どうだかなあ？　どうなの、希？」

　軽く睨《にら》む玲二を意にも介《かい》さず、笑って諌《いさ》める店長に覗《のぞ》き込まれ、希はもごもごと口ごもった。

「や、あの……」

「ほら答えらんないじゃんかよ」

「なんだよ、ちゃんとしてるってば」

　拗《す》ねた声にからからと笑う義一は、二十八の玲二より四つ年上だ。年齢《ねんれい》以上に落ちついた感のある彼にかかると、途端に玲二もなんだか幼げに見えるのが、希には不思議な感じだ。

　まだ三十代前半という若さだが、義一はこの店舗《てんぽ》の入っているビルのオーナーでもある。実家が相当な資産家らしく、生前贈与《ぞうよ》でテナントの権利ごと手に入れたらしい。

　背が高くきっかりと絵に描《か》いたような二枚目で、いかにもスポーツマンと言った雰囲気の短く刈《か》った髪は、酒を扱《あつか》う深夜営業の店のオーナーという印象は薄《うす》い。

「それより玲二、ちょっといいか」

「うん？」

　よく通る声が低められ、玲二への目配せに、仕事の話か、と希は察する。

玲二も決して小柄《こがら》ではなく、一八〇センチ近い長身なのだが、いかんせん横幅《よこはば》がない。おかげで日本人離《ばな》れした体軀《たいく》の義一の横に並び立つと、一種女性的なまでに見えてしまう。

多分これは、体格だけでなく本人の雰囲気の問題だろうと思うが、ふたりに漂《ただよ》う微妙《びみょう》な空気にいつも希は戸惑《とまど》うような気分にさせられる。

「あの、……じゃあ、俺着替《きが》えます」

「はいよ、後でな」

からりとした声で答えた義一の横に立ち、目元だけで笑った玲二に手を振って、スタッフ控《ひか》え室《しつ》へと希は駆《か》け込んだ。ちらりと横目に窺《うかが》えば、フロアの隅《すみ》でノートパソコンを見ながらなにやら真剣《しんけん》な顔で話し込んでいるのが映る。

(……また『副業』の方なのかなあ)

義一の自宅はこのビルの最上階にある事務所兼用《けんよう》のフロアで、オーナー業の他《ほか》にいくつか、人材派遣《はけん》や探偵《たんてい》の真似事《まねごと》のような仕事もしているらしいと、希は玲二に聞いた。

そしてどうやら、玲二の仕事のメインはその、副業に当たる探偵——もどき——業の方であるらしい。実際、フロアマネージャーという割には店内でその仕事をしている姿は、あまり見ないのだ。また義一にしても、おそらく本業は、そちらの方が実際なのだろうと思われる節もある。

(まあ、俺には関係ないけど……)

玲二が詳《くわ》しく語らないということは、希に聞く必要がないということだ。詮索《せんさく》めいた考えをやめ、吐息《といき》したのは決して、入り込めない空気に疎外感《そがいかん》を感じたわけではない。

「――……オハヨーゴザイマス」

「うぃす。」

「おー、希、早いじゃん？」

　控え室に入るなり、あちらこちらからかけられる声にお座なりな返事を返す。先ほどまで玲二と共にいた時の、気の緩《ゆる》んだ表情はそこにはなく、伏《ふ》し目《め》に俯《うつむ》いた希のなめらかな額には、さらさらとした髪が零れ落ちる。

「今日はなに、マネージャーと同伴《どうはん》出勤？」

　笑って声をかけてきたのは、この店で一番年齢の近い塚本《つかもと》だ。大学一年生で、バイト歴も浅いため、比較的《ひかくてき》希も親しくしている。

「ん、まあ……そんな感じ」

　素っ気ない返答だが、塚本は特に気にした様子もない。

　初日、玲二が「甥《おい》っ子《こ》は人見知りで」と笑って紹介した手前、あまり無下にもできないのだろうと希は思っているが、実際には愛想《あいそ》がないだけで礼儀《れいぎ》正しい希は、案外上下関係を気にする水商売のウエイターたちにも気に入られていた。

　そして希は自分のロッカーを開け、他愛《たわい》無い話をしながらも、部屋に入った途端《とたん》に目に入ってきた、義一と同じほどの長身で、しかし印象はひどく薄く見える男の気配を背中で窺っていた。

（……気づいて、ない？）

全身の神経をそれにむかって集中させているというのに、ライブメンバーと話し込んでいる相手にはまるで付け入る隙《すき》がない。

自分はあんなに気まずいものを覚えたのに、そこにいる高遠は、まるで何事もなかったかのように振《ふ》る舞《ま》って、それがひどく癇《かん》に障《さわ》った。

（それともあんなの……平気なの、かな）

高遠は確か玲二よりひとつ年下で、希にすれば遥《はる》かに大人な彼は、あんな場面を見られたところでどうということもなかったのだろうか。

しかしそう考えた瞬間《しゅんかん》、やけに重いモノが胸に差す。

（俺はさんざんだったのに……）

高遠の顔を見たら、自分はどうすればいいのだろうと考え込んでいたあまり気分の悪くなりそうだった希は、そこに見つけた彼があまりにもいつもどおりであったことに、複雑な気分を味わった。

今日もまたステージをこなす彼は打ち合わせに真剣で、この空間に入ってきた希に、一瞥《いちべつ》をすらくれることもない。どころか、気づいてさえいないような雰囲気《ふんいき》だ。

（なんだよ……）

そのことにひどくほっとするような、落胆《らくたん》するような相反する感情を覚え、知るか、と希は瞳《ひとみ》を逸《そ》らす。

首筋の辺りで不揃《ふぞろ》いに揺《ゆ》れる長い髪《かみ》を、いかにも邪魔《じゃま》だと後ろでゆわいているが、くせのあるそれが横顔に零《こぼ》れて表情は見えない。

くぐもった声が低く、そうでなくとも言葉少ない高遠は、しかし穏《おだ》やかな表情で、本日セッションを行うパーカッショニスト、高田《たかだ》の見せる進行表を覗き込み、一言二言を呟《つぶや》いている。

「……ここでソロ、入れられますか」

「もつかねえ。けっこうキツイ」

淡々《たんたん》としている熟練の高田や、今ここにいる面子《メンツ》は、果たして高遠のあの顔を知っているのだろうか。

ちらりとめぐらせたそんな考えに、ひどく重いものが胃を焼いた。

いつもやっていることなのに、着替えのために服を脱《ぬ》ぐのさえもなんだかやけに意識して、そんな自分は自意識過剰《かじょう》で恥《は》ずかしいと感じた。

しかし、それとも。

(やっぱり、別人なのかなあ……？　見間違《みまちが》い、とか……)

あまりに平然としている高遠の、違いすぎる印象に、もしやすると単なる自分の勘違《かんちが》いだったのかと思えば、ひどく居たたまれない気分になった。

それでは昨晩《ゆうべ》の自分は、ずいぶんとみっともない真似をしてしまったことになる。

見ず知らずの男に煽《あお》られて、あんな——あんな、いやらしい気分に、なってしまったというのだろうか？

そんなんじゃない、と思いたかった。そんなことで、あんな得体の知れない身の内の熱を、思い知るはずもないだろう。そう思いかけて、しかしその考えこそが危険であることに瞬時《しゅんじ》に気づいた希は、お仕着せのベストを羽織りながら顔を顰《しか》めてしまう。

（なに、ばかなこと……！）

整髪料《せいはつ》を探すふりでロッカーに顔を突《つ》っ込み、希は羞恥《しゅうち》に染まった頰《ほお》を隠《かく》した。

（それじゃ、まるであれは……）

高遠だからこそだと、言っているようなものじゃないか。そんなことがあるわけがない、キュッと目を瞑《つぶ》り、馬鹿《ばか》な考えを頭から押しやろうと希は努めた。

自分の中に眠《ねむ》る、知りたくはないなにかに触《ふ》れてしまったような、禁忌《きんき》の匂《にお》いのする感情をポーカーフェイスで覆《おお》い隠し、ロッカーの扉《とびら》に据《す》え付けの鏡を覗いた。そこには、いつもの表情に乏《とぼ》しい自分の顔があって、ようやくほっとする。

（忘れよう）

いずれにしろあれが高遠であれそうでないにつけ、自分には関係のないことだ。

忘れてしまえ、そう考えれば妙《みょう》にすっきりとした気分で、さらさらと崩《くず》れてセットしにくい髪をあげ、どうにかムースで固める。手触《てざわ》りのよい希の髪は質が良すぎて、いつも撫《な》でつけるのに苦労するのだ。

「……よし、と」

どうにか前髪を上げてしまえば、幼さが払拭《ふっしょく》された怜悧《れいり》な印象のあるウェイターができあがる。ほっとして、リボンタイを口にくわえロッカーを閉めると、ふと腰《こし》の辺りが涼《すず》しいのに気づいた。考え事をしながら着替えたため、まだパンツの中に収めていないシャツの一部が、変な風によれて背中で引っ掛《か》かっていた。

「なんでこんなんなるかなあ……」

どうしてこう自分は普通《ふつう》のことが下手なんだ、と零しながら背中の中ほどで引《ひ》っ掛かったままのシャツを引き下ろそうと、半身を捩《ねじ》った瞬間。

「――シャツ、よれてるぞ」

背後からの静かな声と同時に、ナイロンの布地が背筋にかぶさった。それと同時に、ひやりとする冷たい感触《かんしょく》が、腰のくぼみを滑《すべ》る。

「な……っ」

ぞわっとする感覚に慌《あわ》てて振り返れば、高速の極度に色素の薄《うす》い瞳が意図の読めない視線を発していた。そうして彼は、物静かな声で謝罪を述べる。

「驚《おどろ》かしたか？　済まない」

何事も、なかったかのように。

「――っきなり、後ろに立たないでください……っ」

一瞬《いっしゅん》の冷ややかな接触《せっしょく》に慄《おのの》いた肌《はだ》が、発熱したかのように火照《ほて》る。走り抜《ぬ》けた甘い衝撃《しょうげき》を悟《さと》られまいと、ことさらに冷淡《れいたん》な声で抗議《こうぎ》した。

まるで気配を感じなかった。気づけば、彼はそこに居たのだ。

そうして、険のある声を発した希の剣幕《けんまく》にも、かすかに驚いたように、ひょいとその整った眉《まゆ》を跳《は》ね上げて見せただけだった。

「寝不足《ねぶそく》か？　目が赤いな」

「関係、ないでしょう……っ」

あげくには、普段《ふだん》ほとんど自分から声などかけてきたこともないくせに、シンメトリックで鋭角《えいかく》的な輪郭《りんかく》を見せつけるかのように、頭上から顔を覗《のぞ》き込んできた。

「夜遊びは、感心しないな……？」

そうして、思わず顎《あご》を引いて身構えた希だけに聞こえるよう付け加えられた一言に、呼吸が止まった。

「あんた……っ」

見透《みす》かすような色浅い瞳に、指の先まで冷たくなる。

「――――ん？」

一息に青ざめた希に、高遠は婀娜《あだ》な目つきでかすかに微笑《ほほえ》む。その笑《え》みがまるで、知っているよと囁《ささや》くようで、希は身体中を総毛立たせた。

（知ってるよ）

ぞわりとするこれは、昨晩覚えたのと同じ。そして、高遠の目つきもまた、同じ色を浮《う》かべている。

「そりゃ、失敬」

聞こえるはずもない、実際には発せられてもいない声が、確かに希の耳朶《みみたぶ》をくすぐる。

(感じたんだろう……？)

「………っ!!」

昨晩の羞恥と惑乱《わくらん》、そして闇雲《やみくも》な恐怖《きょうふ》がまたも甦《よみがえ》りそうになり、希は奥の歯をぎりりと噛《か》む。

そうして、一言も発しないまままきつく高遠を睨《ね》めつけると、そのまま勢いよくきびすを返した。

「あ、あれ？　希、どしたん………？」

愛想《あいそ》はないが滅多《めった》に苛《いら》つくことのない希の反応に、隣《となり》の塚本が驚いている。それにはもう答えることもできぬまま、エプロンを巻きながら希は歩きだす。

背の高い男の傍《かたわ》らを擦《す》り抜ける瞬間《しゅんかん》、ちらりとめぐらせた視線の端《はし》に、あの微笑があった。

ごくわずかに眇《すが》められたそれには、ひどく残酷《ざんこく》な、また嬉《うれ》しげな気配を感じるのが、もう勘違いであるとは思えない。

(からかわれた………！)

しかしながら、こんなやり方で接触してくるとは予想もしなかっただけに、躱《かわ》すことさえもできぬまま、きりきりと希は小さな唇《くちびる》を噛みしめた。

昨晩も今も、結局こうして背を向けるばかりしかできない自分に、そしてそこまで追い詰《つ》める高遠への敗北感に、いたたまれなさと憤《いきどお》りを同時に覚えた。

やり場のない気分でいながら、それを表に出さずにいることだけが、今、希のできる唯一《ゆいいつ》の抵抗《ていこう》だった。

(最低だ、あんな……っ)

憧《あこが》れて、いたのに。

淡々とした風情《ふぜい》でいながらやわらかな音色を奏《かな》でて、それでいて傲《おご》らない年上の、才能溢《あふ》れる男に羨望《せんぼう》と憧憬《しょうけい》を感じていただけに、落胆と怒《いか》りは激しい。

(汚い、汚い、汚いっ)

あんないやらしいことを人目につく路上で、恥知《はじし》らずにも見せつけて、悪びれもせず。

あげくには子供だなと言いたげな冷たい視線で、うろたえた自分を嘲笑《ちょうしょう》された。

そうして女性経験のなさをからかわれるだけならまだしも、あの、凶悪《きょうあく》なまでの艶《なま》めいた視線の意味が恐《おそ》ろしい。

高遠はまるで、あの日、希が高遠のキスシーンに尋常《じんじょう》でなく高ぶったことを知っていると言いたげに冷たい視線で笑いかけてきて、いたたまれないなどというものではない。

あげく背中に触れたあの指は、確かに希の性感を煽るための、悪戯《いたずら》だった。いくら経験がなくともあれが、単なる親切ではないことなど明白だ。

(最低……っ)

それ以上に、ひどくみっともなくうろたえてしまう自分の方が、どうかしているのではないかと思う。

背筋を走り抜けたのは、淡《あわ》い快感だった。精通を迎《むか》えて以来、知らないとは言えないその生々しい感覚には、どうしても慣れることがない。正直、煩《わずら》わしいとさえ思う。

そのくせ時折には、抑《おさ》えきれない衝動《しょうどう》のようなものが自身を揺《ゆ》さぶってくるから、そんな自分がひどく汚いような気もする。

ことに、堪《こら》えきれずに自分で慰《なぐさ》めた後の罪悪感は通常でもたまらないほどなのに。

「…………っ、う」

昨晩の煩悶《はんもん》を思い出した瞬間、胃の奥がせり上がるような気分になり、希はそのままトイレへと駆《か》け込んだ。えずいて、その久しぶりの嫌悪感《けんおかん》に、今日の仕事は大丈夫《だいじょうぶ》だろうかと不安になる。いくら表情に乏《とぼ》しいとはいえ、最低限の愛想笑いは必要だが、これでは。

「……っくしょ……」

吐《は》くほどにはいたらず、しかしむかむかとこみ上げてくるこれが、ストレス性なのはもう知っている。

希は、本当に女性がだめなのだ。側《そば》にいると萎縮《いしゅく》し、異常な緊張《きんちょう》を覚えてしまう。店では大学生というふれこみなので、その手の誘《さそ》いも多々あるが、どうにか仕事中と誤魔化《ごまか》したり、叔父《おじ》の玲二に頼《たよ》ったりして乗らないでいる。

これは単に不得意というだけでなく、実は女の子に対して恋愛《れんあい》感情を持てないのだ。話をするのも苦手というのが本音かもしれない。

学校に馴染《なじ》めないのも、両親と上手くは行かない理由も、すべて根を同じくする痛みから派生している。

「もう……っかげんに……！」

忘れたい、強くなりたいと思っても、今朝方ブラウン管を通して知った、かつての仲間たちの姿が網膜《もうまく》に焼きついている。

伸《の》びやかに丸いラインの手足を、カジュアルだが身体《からだ》のラインがまるわかりな衣装に包み、ステージライトを浴びた少女たち。

今の希とは較《くら》べるべくもないほどに輝《かがや》いた彼女らと、共に過ごした日々の記憶《きおく》はただ苦く、つらい。

過去、希が少年アイドルとして活躍《かつやく》していたことを知る者は、今ではせいぜい親戚《しんせき》連中くらいしかいない。芸名を使ってはいなかったけれど、なにしろもう七年も前の話である。

十七歳になった希は年々玲二に似て、身長も一七五センチを超《こ》え、頬《ほお》の輪郭も随分《ずいぶん》シャープなものになった。

瞳《ひとみ》のくっきりしたラインや繊細《せんさい》な印象は変わらずとも、危ういような成長過渡期《かとき》の少年の変貌《へんぼう》は、鮮《あざ》やかに過ぎる。あの当時よくテレビに映された、幼い希の面影《おもかげ》を見つけることの方が、随分と難しくあるだろう。

希の芸能界デビューは三歳、子役モデルとしてのはじまりだった。きっかけは、視聴者応募《しちょうしゃおうぼ》のイベントへの参加であったらしい。その当時、物心もついていない希が自主的に応募したわけもなく、推薦《すいせん》したのは、ややミーハーな母の友人だった。

七歳の時にはその当時流行だった企画《きかく》番組の「チャイドルグループ」に入れられた。なにがなんだかわからないままテレビに出演し、そのうち人気の高かったメインの七人を集めて結成されたのが、「Ｕｎｂａｌａｎｃｅ」だ。男の子三人、女の子四人というそのグループは、番組の高人気とも相まってファーストシングルがオリコントップを飾《かざ》るという、なかなか華々《はなばな》しいデビューだった。

変声期前の希は、マシュマロとミルクでできた甘い人形のような少年で、その声音も澄《す》んで甘く、また抜群《ばつぐん》に歌が上手かった。大人はもちろん、少女アイドルにも出せない不思議なその高音は、やや意地悪な一部評論家をのぞいて全国に受け入れられていった。

児童福祉法《ふくしほう》の関係で、テレビ自体にはさほどしょっちゅう出演したわけではないが、レギュラー番組を二つ持ち、キャンペーンやコンサート、イベントと、やたら引きずり回されていて、実は当時の記憶はあまり希にはない。ただひたすら、あっちに行って歌い、そっちに行って笑い、という状況《じょうきょう》で、一番覚えているのは移動のワゴンバスの車内の光景という情けないものだ。

そして、めまぐるしかった状態が終わりを告げたのは、七年前の十歳の時だった。理由は簡単、希に早めの変声期が来たことだ。それでなくとも、ボーイソプラノの可愛《かわい》い少年グループの寿命《じゅみょう》などたかが知れている、めまぐるしい芸能界では長く保《も》った方だったろう。

周囲の大人たちがその途端《とたん》手のひらを返し、用なしとばかりに希を放りだしたことも、きゃあきゃあと騒《さわ》いでいた周囲が誰《だれ》も自分を見なくなったことにも、失望と驚愕《きょうがく》を覚えた。

たのかもしれない。
しかし、これで「Ｕｎｂａｌａｎｃｅ」が解散引退したのであれば、もう少し話は簡単だった。

首を切られたのが、希を筆頭とした少年三人のみであったことが、この場合は問題だった。ビッグヒッターが現れなくなって久しい昨今、一度人気を得たグループの名前を捨て去るのは惜《お》しいと考えたのか、事務所の社長は残る四人の少女のみで「Ｕｎｂａｌａｎｃｅ」を再デビューさせたのだ。

そのことによって、一番怒《いか》り狂《くる》ったのは、希本人ではなく、母親だった。

（どういうことなのよ、なんであんな子たちが残って、希がだめなの⁉）

希の芸能界入りにより、もっとも変貌を遂《と》げたのは母親、真優美《まゆみ》だったのだろう。平凡《へいぼん》な専業主婦からステージママとして、マネージャーのようなことをこなし、最も張り切っていたのは彼女だった。

ひとときの夢、と割り切れないほどに、華《はな》やかで空虚《くうきょ》な世界に魅《み》せられてしまった真優美は、その時一番傷ついているのが誰なのかを、うっかりと失念してしまっていたらしい。

元気でやさしかったはずの彼女は、希の顔を見れば忌々《いまいま》しげに舌打ちをし、いらいらと八つ当たるようになっていった。

わけもわからないまま引きずり回され、モノのように扱《あつか》われ、あげくは使い捨てられたことに対してのショックよりも、母親が失望しきった顔で自分を見たことに、希は最も傷つけられた。

そうして、ワゴン車とホテルの往復だった三年間のうち、ほとんど寝《ね》るだけで省みることのなかった自宅が、以前よりもかなり薄汚《うすよご》れ、久しぶりに顔を見た父親が諦《あきら》めたように吐息《といき》するだけの現実に、希は絶望さえも覚えた。

（………ぼくが、悪いの？）

問いかけようとしてもできないまま、飲み込んだ言葉は少年の心にはあまりにも重かった。

あげく、傷ついた希に追い打ちをかけるような出来事は、次々と訪れた。

ともかくも、それからは普通《ふつう》の小学生として過ごす以外選択肢《せんたくし》のない希だったが、幼年期から仕事仕事に振《ふ》り回された彼は、いざ学校に毎日通うようになっても友人の作り方さえもわからなかった。

（なに、話せばいいの？）

決められた番組進行の内容通りに歌い、笑っていればよかった頃《ころ》と違《ちが》って、生身の同年代の連中と接するマニュアルは、どこにもありはしない。

また当時、希がアイドルであったことも、それを引退したこともあまりに有名で、心ない中傷や妬《ねた》みから、イジメを受けもした。

学校にいけば居場所がなく、家に帰っても居場所がなく。母は年中怒《おこ》り続け、父は仕事に逃《に》げている。

（どこに、いればいいの？）

わからないまま、ただじっと身を丸めてやり過ごすだけの希は、中学にあがる頃にはすっかり無気力な少年になっていた。

求められるままに明るくにこやかに微笑《ほほえ》んだ事実が許せなくて、笑うことができなくなった。テレビをつければ昔の仲間が映り、そうすると真優美が機嫌《きげん》を悪くするから、テレビも見ない。暇《ひま》なので勉強だけはやったけれど、無目的に数式や記号を覚えても、褒《ほ》めてくれるのは偏差値《へんさち》のグラフだけだ。

家にいたくはないから、学校には通った。それでも結局、なにをしても、アイドルとしての彼に幻想《げんそう》を抱《いだ》いていた真優美の望むようにはできなくて、行き詰《づ》まり。

(自立、できればいいのかな？　誰にも迷惑《めいわく》かけなければ、怒られないのかな？)

誰にさえ文句を言われず、自分ひとり食べていけることにひどく憧《あこが》れて、十四歳になり高校受験を前に、家を出て働きたいと言い出せば、思い出したくもないような修羅場《しゅらば》になってしまったのだ。

(嫌味《いやみ》な子ね、そんなに、そんなに私が嫌《きら》いなの!?　出ていきたければ出ていきなさいよ、出て行きなさいよーっ!!)

歯を剝《む》き出して怒鳴《どな》る真優美は、醜《みにく》いと思った。ショックを受けているつもりもなく、相変わらずな母親の反応に、ああやはり、と希は思った。

(言っても、わかんないんだね……)

やはり、この人にはなんの言葉も届かない。ふと、そう思った次の瞬間《しゅんかん》から、希は一時的に声が出なくなった。

完璧《かんぺき》な、ストレス性の失語症《しょう》だった。

世間的に「病気である」と認知され、見て見ぬ振りもできずに困り果てた父が相談したのが、叔父《おじ》である玲二だった。

玲二は元々、希をアイドルにすることに反対していたのだと、その時聞かされた。彼自身が音楽を目指した時期もあり、仕事柄《がら》さまざまな人種と付き合いがあって、芸能界が見た目ほどに華やかなことばかりでもないと肌《はだ》で知っていたせいであるらしい。

強制的に入院させられた神経科の病室で、お久しぶり、と笑いかけてきた玲二の顔に、今の自分が大分似ていると知ったのはつい最近のことだ。

二年前の希の顔は、玲二のようにやさしく笑うことなどできなかった。あげくげっそりと痩《や》せこけて、不健康な顔色は、希の本来の顔立ちの美しさをも損《そこ》ねていた。

また、自分に対して笑う人、というのも随分久しぶりだったから、どう応《こた》えていいのかさえもわからないままぼんやりと眺《なが》めた瞳の色は、絶望に濁《にご》って淀《よど》んでいた。

(希、ぼくと来る?)

声の出ない希に、黙《だま》っていていいよとそっと、髪《かみ》を撫《な》でた玲二の手が暖かくて、驚《おどろ》いた。

(おまえのお父さんも、お母さんも、疲《つか》れちゃってる)

そのくせに、玲二は、周囲の大人や病院の医師のようには、両親のことを咎《とが》める発言はしなかった。

希にはそれが一番、嬉《うれ》しかったのだ。

(でも、希が一番、疲れてるから)

声が出なくなるほどに胸の中にため込んだものは、誰よりも認めて欲しかった両親への思慕《しぼ》が一番大きかった。もう大分それは歪《ゆが》んで、すり減ってしまったとしても、汚《よご》れた古いぬいぐるみのように、触《さわ》らないでと必死に身を丸めて抱《かか》え込んだ、大事なものだったから。

（遊びにおいで、希）

（………あ）

おまえのそれを取り上げないし、触らないよと言葉なく告げて、そっと抱きしめるように背中を叩《たた》かれて、ぱちんと、なにかが弾《はじ》けたのだ。

（あ……ああああ……！）

希は数年ぶりに、泣いた。そうして、迸《ほとばし》ったのは失いかけていた希の、悲鳴に似た声だった。

その哀切《あいせつ》で高い泣き声はどこか、赤《あか》ん坊《ぼう》の産声《うぶごえ》にも似ているようだった。

そんな風にして希は、中学三年生の後半はほとんど、学校には行かず、玲二と一緒《いっしょ》に過ごした。それでも成績だけはよかったことと入院の一件もあり、卒業は認められた。

そして実家からは区間の少し離《はな》れた、玲二のマンションからも通える高校へと進学したのを機に、いよいよ玲二の元に引き取られることになったのだ。

一緒に暮らしてみれば、独特のキャラクターを持った玲二は、なんだか不思議な人だった。

かなりの事情持ちであるのに、むしろ希を子供扱《あつか》いしたりせず、対等に付き合ってくれた。それでも母親への愛憎《あいぞう》や、同年代と上手く付き合えない自分へのコンプレックスから、希はやはりどこかしら頑《かたく》なままだった。

そんな中で、いっそのことオトナの連中に混じってみるかと誘《さそ》われたのが「3・14」でのバイトだった。

玲二にしてみれば、ひねかけた甥《おい》が目の届かないところでぐれるよりはいいと思ったのだろうことはわかっていたが、「自分ではない自分」になれるバイト生活は楽しかった。

性別の違い、それだけの理由で「いらないよ」と周囲に捨てられた上、今度はその「捨てられた」ことを理由に親からも見放された希を、ここでは誰《だれ》もが「必要だ」としてくれる。

店長の義一は頼《たよ》れるし誠実な人格を持っていて、叔父の玲二も変わり者だが希にはやさしい。

そして高遠の、あの淡々《たんたん》としたスタンスにはなによりひどく、憧れた。

涼《すず》やかで、揺《ゆ》るぎない落ちついた態度には自分にはない自信を感じて羨《うらや》ましくも思えた。重量あるテナーサックスを軽々と扱う腕《うで》はしなやかでも逞《たくま》しく、長いステージをこなしても、肩《かた》で息をする様子もない。

幼い頃の大きな挫《ざ》折《せつ》以来、なにもかもが褪《さ》めた色合いでしか映らなかった希の瞳《ひとみ》に、あの金色の楽器は、ひどく眩《まばゆ》いものに感じられた。

高遠の冷静な表情とは裏腹の、情熱的な演奏と、伸《の》びやかな音色の美しさは、確かな技術とセンスに裏打ちされたものだ。

（あんな風に、なれたら）

自分にもそうした才能があったなら、あんなに簡単に使い捨てられることはなかっただろうにと、悔《くや》しさと共に高遠の凄《すご》さを認めていた。

希にとって高遠は、はじめて見つけた「自分の理想」だったのだ。

それなのに、その憧れていた相手の生々しい一面を知ってしまって混乱している、これが自分の弱さと幼さから来る逆恨《さかうら》みだと、知っているからなお、つらい。

（あんなひとだったのか……）

女性が苦手なのは、結局母親からのトラウマから逃《のが》れていないのかもしれないと自分でも思う。またあの、性別が男に属していたというだけで切り捨てられた希に較《くら》べ、大輪の花のように成長したかつての仲間たちに対するどうしようもない感情が、同年代の女性を色褪《いろあ》せさせて見せるのかもしれない。

自分にはない、甘い声とやわらかな胸、手足は、希にとってはコンプレックスの象徴《しょうちょう》となっているのだろう。

そんな、希にとっては畏怖《いふ》の対象でしかない「女という生き物」を、高遠はあの日いかにも慣れたように扱っていた。

弦楽器《げんがっき》の流線に似た腰《こし》のラインを抱き、マウスピースを銜《くわ》えるように舌を嚙《か》んで、しかし音色を奏《かな》でるのと同じように、涼しい顔をしたまま。

もういっそ軽蔑《けいべつ》してしまいたいと思う。しかし、あの危険な気配を漂《ただよ》わせる高遠には、胡散《うさん》臭《くさ》さと同時に、強烈《きょうれつ》な吸引力があって、目が離せないような気分にもさせられるのだ。

(冷たい目、してた)

それなのに、希を見た一瞬《いっしゅん》、あの色素の薄《うす》い瞳は獰猛《どうもう》なまでの熱を孕《はら》んだ。淡《あわ》い茶色のそれが、夜目にも蜜《みつ》の色に煌《きら》めいて、それは優雅《ゆうが》な獣《けもの》の瞳のようだった。

「――――……っ」

思い出すだけで、背中に戦慄《せんりつ》が走る。胃の奥を圧迫《あっぱく》していた不快さとはまるで違《ちが》うものがこみ上げてきて、希は細い肩を自分で抱きしめる。

高遠の瞳は、彼の金褐色《きんかっしょく》の楽器に似て、冷たく甘く光る。

見つめれば眩暈《めまい》がして、どこまでも落ちていくような、触《ふ》れた指の先だけで上りつめるような。

それは、希がいまだ知らない、深く濃《こ》い官能そのものの、イメージでもあった。

＊　＊　＊

「じゃ、これ。次回の分記入よろしくね」

不調を気取られることもなくいつもどおりの仕事を終え、シフトの引継《ひきつぎ》を済ませて控《ひか》え室《しつ》に戻《もど》るなり、希は玲二にボードクリップの一覧表を渡《わた》された。

「……あ？　そうか……」

そういえば給料日が過ぎたということはシフトも月代わりである。昨日のショックですっかりそんなことは頭から抜《ぬ》け落ちていたけれど、帰り際《ぎわ》に明日は日程を決めると言われていたような気もする。

「一応希望は聞くけど、希は都合つくから他《ほか》の面子《メンツ》の予定入れてからね」

手渡された一覧には、もうバイトと社員数人分の書き込みがなされている。これはあくまで希望で、店の状況《じょうきょう》やシフトの兼《か》ね合いを見て、最終的に玲二と義一で決定するのだ。月末にはゴールデンウィークという大型連休も控えているので、客足は増えるが従業員も休みたがる。

そんなこんなで、シフト組みも少々ややこしいのだろう。

「またライブの日がいい？　それなら、今月はここと、ここ」

「……あの」

先月はそのためにわざわざ、高遠のライブの日程を教えて貰《もら》い、休憩《きゅうけい》時間がなるべくライブ中に近いようにしてシフトを組んでもらっていた。

実際今日もまた高遠はステージに立っていたけれども、休憩時間なのをいいことに、希は控え室にこもりきっていた。不審《ふしん》げに見やる玲二の視線が痛くはあったけれども、昨日の今日で平然と彼のステージを見る気にはなれなかった。

「これ、今日出さないとだめですか」

店の中で玲二に敬語を使うのは、誰に言われたわけでもなく、希自身が気を付けていることだ。けじめを付けたいとも思ったしまた、家の中では本当に子供のように玲二に甘えている自分を知っているから、あんな姿をうっかり見られるのも恥《は》ずかしいと思った。

「少し、考えたいんですけど」

「うん?」

そして、歯切れの悪い甥にまた、玲二は瞬《まばた》きを多くしたけれども、彼の常として追及《ついきゅう》してくることはない。気まずさを覚え、ぼそぼそと希は言い訳を口にした。

「あの。……三者面談…」

「そ……っか、そうだったね」

そこだけは周囲に聞こえないよう声を抑《おさ》えれば、ああ、と玲二は頷《うなず》く。

「じゃ、そっちの日程決まったらにする?」

「はい」

本当は、既《すで》に日程は決まっている。ただ、忙《いそが》しい玲二に付き合わせていいものかと迷う内に伝えそびれていただけで、今朝方の会話の中、彼からふってくることがなければ担任には「都合がつかないらしい」と言うつもりだったのだ。

「んじゃまあともあれ、今日はお疲《つか》れ。……と、それでね」

「ん?」

ちょっとこっちおいで、と手招かれ、なんだろうかと思いながらついていけば、従業員控え室のさらに奥にある、店長室に呼ばれた。

「あのね、今日から急で悪いんだけど、ここしばらく帰れそうにないんだ。ちょっと仕事で遠出になるから」

「ああ、なんだ」

今日の今日だけに、なにかミスでもしただろうかと緊張《きんちょう》していた希は、いきなり保護者の顔になった玲二に、ほっと息をついた。

「なんだよー、店長室なんか来るから、なんか失敗して怒《おこ》られるのかと……」

「ごめーん。だって外でこういう話、希が嫌《いや》でしょう」

こちらも気を抜いて返せば、苦笑した玲二が手を合わせてくる。叔父《おじ》と甥というよりは、兄弟のようなやりとりに、部屋にいた義一が小さく笑った。

スーツのままビジネスデスクに腰掛《こしか》けた姿は、バーのオーナーというよりもやり手の実業家といったイメージが強い。

「玲二も形無しだな」

「……笑うなってば、大体義一っちゃんが原因でしょうが！　あんな話受けてくるから」

「はは、悪い悪い」

大概《たいがい》においてやわらかな表情を浮《う》かべてはいるが、義一の前での玲二は、なんだかことさら甘くなるような気がするのはこんな時だ。希に見せる暖かなそれとはまた違う、どこか緩《ゆる》んだ表情になる。

学生の頃《ころ》からの付き合いということで、気分がその頃に戻ってしまうのだと彼らは言うけれども。

「………まあ、希、そんなわけでオジサン借りるぞ」

「あ、はい。……あ、店長は？　いらっしゃるんですか？」

「俺も出張。店の方は、サブマネージャーの青木《あおき》に言っておくし、ここしばらくはライブもイベントもないから、回ると思うよ」

ひとりにして悪いな、と凛々《りり》しい眉《まゆ》を少しだけ下げてみせる義一の表情こそが、なにかを物語っているとは思う。それが果たして「なんなのか」を突《つ》き詰《つ》めて考えると、なんだかひどく下世話な詮索《せんさく》をするような気がしてしまうので、あえていろいろと目を瞑《つぶ》ってはいる。

友人のひとりもいない偏屈《へんくつ》な自分が言えた義理ではないが、男同士の友人というのはあんな風に、甘いとしか言いようのない表情で相手を見やったりするものなのだろうかと、ことあるごとに考えてしまうようになったのは、このバイトをはじめてからのことだ。

玲二との付き合いの長さでいけば、義一は希の比ではない。彼らが知り合ってからの年月は希が生まれてからのそれに等しく、だからこそ図れないものもあるのだろうと、自分を無理矢理納得《なっとく》させた。

「あのー……」

「ん？」

それでも、飲み込みきれない好奇心《こうきしん》から、ほんの少しだけ言葉が零《こぼ》れてしまう。

「依頼《いらい》って……どんなこと、なんですか？　玲ちゃ……叔父は、どういうこと手伝ってるんでしょうか」

副業に関して、今まで希が問いを口にしたことはなかっただけに、おや、と義一は目を瞠《みは》った。

「えと、あの。……知っちゃいけないことならいんですけど……危なく、ないんですか？」

探偵《たんてい》、といってもそれは「便宜上《べんぎじょう》、そんなようなもの」と教えられただけで、実際なにをしているのかもさっぱりわからない。ただ、ごくたまにひどく疲れたように玲二が帰ってきた日など、どうもそこに落ちる影《かげ》が濃いような気がして、気になっていたのだ。

「危ない？　いやまあ、玲二はデータ関連が多くて……って、おい」

ふたりの関係について問うことができない分、これくらいは教えてくれないかという自分の考えが子供っぽく恥ずかしくも思えたが、希の緊張に反して、義一はあっさりと言った。

「玲二、おまえなんにも説明してないのか？」

「え、だって……聞かれてないもの」

呆《あき》れたような義一の声にけろりと答える玲二のそれも悪びれない。

「聞かれてないったって……あのなあ、こういうシャイな希が、自分からあーだこーだー聞き出すと思うかよ」

「あ、あの」

ややきつい口調になった義一に、希の方が慌《あわ》ててしまう。また、シャイと表現されればなお恥ずかしくもあった。

「一緒《いっしょ》に住んでるなら、保護者がどういう状況でどういう仕事をしてるか知りたいのは当然だろうが。まして、なにもわからないなら、なにから聞けばいいのかなんてわかりゃしないだろう」

しかし、おろおろとした希の声は、張りのある義一の声にかき消され、あげくそこに玲二の不機嫌《ふきげん》そうな言葉が被《かぶ》さってくる。

「だから店に連れてきてるじゃない、こういうことしてますって」

「そりゃ店の中のことだけだろが。第一なんでも実地で教えりゃいいってもんじゃないだろう、まず言葉で説明しろ！　大体おまえは基本的なことが抜《ぬ》けるんだよ」

「……なにそれ。義一っちゃんだって行ってみりゃわかるとかっつって、ぼくになにも説明しないで現場連れてったりするじゃない。大体毎回毎回採算取れないようなことばっかして、そういうの困るんですけど？」

「そこなんとかするのがおまえの仕事だろ！」

「——……あのっ、あの……！」

結局こっちの疑問にはなにも答えてくれないまま、口論をはじめた大人ふたりにどうすればいいのかわからなくなり、また。

（玲ちゃん、怖《こわ》い……っ）

義一に較《くら》べれば口調こそ静かだけれども、怜悧《れいり》な顔を冷たく凍《こお》らせて怒りを露《あらわ》にした玲二の方がむしろ数倍恐《おそ》ろしく、希は頬《ほお》をひきつらせた。

「冗談《じょうだん》じゃないね、趣味《しゅみ》と仕事ごっちゃにしてるようなオーナーの尻拭《しりぬぐ》いする方がどんだけ大変だと思うわけ」

「なんだと!?」

（あああ、どうしよう……）

うろたえ、段々青ざめていった希が口を開閉させていると、不意に店長室のドアが開かれた。

「……おい、外まで丸聞こえだ」

「あっ……！」

ドア際《ぎわ》に立っていた希の頭上あたりから、ぼそりと落とされた温度の低い声は、静かな響《ひび》きであったのにふたりのエスカレート気味の会話を一蹴《いっしゅう》する。

ライブ後なのだろう、長い髪《かみ》から汗《あせ》を滴《したた》らせた高遠は、スポーツタオルで口元を覆《おお》いつつ、あからさまに嘆息《たんそく》した。

「なにやってんだあんたら、いい年して、子供の前で」

「……いや、すまん」

子供、と言われてむっとした希だが、事実だけに反論もできないでいれば、ばつの悪そうな義一の声に完全に言葉を出すタイミングを失った。

今この場にいる四人の中では年齢《ねんれい》的には下から二番目であるはずの高遠だが、高い位置にある端整《たんせい》な顔を気怠《けだる》げに傾《かし》げ、睥睨《へいげい》するさまはこの一言に尽《つ》きる。

（……偉《えら》そう……）

真後ろに立たれているせいで圧迫感《あっぱくかん》がひどく、希は気まずく身体《からだ》をずらした。見るからに体温も低そうで、汗もかかないような印象の高遠だが、ステージの後はさすがに汗みずくで、近くにいればその熱が移りそうな気がしてしまう。

「ハネたから、ステージ撤収《てっしゅう》かかってる。セッティング変えるみたいだから、後でチェックして」

「了解《りょうかい》」

もう一度、鋭角《えいかく》的な頬に滴った汗を拭《ぬぐ》って息をついた高遠に答えたのは玲二の方で、言うことは言ったという風にまた、口を噤《つぐ》んだ彼は部屋から出ていった。

「あのー、えっと……」

話の腰《こし》も折られたことで、自分も暇《いとま》を告げようとした希に、あーあ、という義一のぼやきが聞こえてくる。長い脚《あし》をだらしなく組んで片方を机の上に投げ出せば、その脚を容赦《ようしゃ》なく玲二が取り上げ、放った。

「みっともない。よしなよ」

「……ちっ」

普段《ふだん》は穏《おだ》やかに落ちついている彼が子供のように怒《おこ》られたのが可笑《おか》しくて、小さく吹《ふ》き出した希は義一にじろりと睨《にら》まれたが、笑いが収まるものではない。

「………ったくもう、あいつなんであぁかねえ」

「必要以上に口利《き》くと、減る！　って感じだからねえ」

誤魔化《ごまか》すようにふてくされて呟《つぶや》く義一へ苦笑した玲二も、先ほどの険のあるそれではなくもういつもの笑《え》みを浮かべていて、希はそれにはほっとした。

「愛想《あいそ》ないっていうか、カタイっていうか……もうちょっとソフトにならんのか、あいつは」

「無理でしょ。死に絶えた昭和の日本男児みたいなとこあるもん」

（………カタイ？）

しかし、そのまま話題が高遠のことに移っていって、希はふと違和感《いわかん》を覚えた。

「その割には、上下関係無視するよなあ……」

「義一っちゃんが不真面目《ふまじめ》だから、いけないんじゃないの。信符、無愛想だけど真面目だから」

「俺⁉　この上なく真面目に仕事してるだろうが」

どうだか、と雑《ま》ぜ返す玲二にも屈託《くったく》がなく、義一はなにをいうかと呆れたような吐息《といき》を零す。

「しっかし……あんなんだから、いつまでもうちの店なんかで演《や》ってんだろうに」

「まーでも、その辺は好きでやってんじゃないの？　信符、別に仕事には苦労してないよ。このだいだもなんだかのツアーのバックバンド、蹴《け》ったって言ってたし」

「そうなのか？」

そうなのか、と同じく内心で呟いた希はともかく、長い付き合いのはずの義一がきょとんと答えたことに、玲二は心底呆れたような吐息をした。

「……いいけどね。あなたそういう人だよね、ええ」

「あっなんだよ、今馬鹿《ばか》にしたろ」

「してません。……褒《ほ》めてる褒めてる」

はいはいイイコだね、とでも言いたげな玲二のそれに、義一はまた舌打ちをした。

「ったって、信符が言わないことを聞くわけにもいかんだろうが」

「……それさっきのぼくの主張と同じなんですけど」

すかさず揚《あ》げ足《あし》を取った玲二に、ムキになったように義一は怒鳴る、希は眉《まゆ》を顰《ひそ》めた。

「信符は大人！　希はまだ子供！」

「店長……」

そんなに力一杯《ちからいっぱい》断言しなくてもと続けようとした希のそれは、しかし義一の思うよりも真面目な声にまた止められた。

「その主張の方法を知っていて、自己責任で『あえて言わない』のと、それを『どう言っていいのかわからない』のはまったく、別の話だろうが」

吐息しながらのそれは、どちらかといえば希に向けられた発言のような気がして戸惑《とまど》っていれば、ふっと義一はやわらかに笑った。

懐《ふところ》が広い、というのはこの男のためにあるのではないだろうかと、こういうやさしい顔を見つけるたび、希は思う。喜怒哀楽《きどあいらく》が激しいが切り替《か》えが早く、ストレートで裏表がない。だから、誰《だれ》にも慕《した》われるし、大人の玲二でも彼に甘えることができるのだろう。

（……あれ？）

いまうっかり、自分は妙《みょう》なことを考えた気がすると希が気づく前に、義一の声が話をまとめにかかった。

「というわけで。今日はもう時間がないけど、今度ちゃんと話してやれ、保護者代理」

「……はぁい」

義一の指摘《してき》に思うところのあったような、けれどその言に素直《すなお》に頷《うなず》くのは悔《くや》しいような複雑な顔で、玲二は間延びした返事をするのが可笑しかった。

「笑わないの、希も」

「はい」

玲二や、義一のようなタイプは希にとって心地《ここち》よい。明るく人当たりのよい彼らは誰にも分け隔《へだ》てなく接してくれて、人付き合いに萎縮《いしゅく》しがちな希の幼さをも、仕方がないと苦笑しつつ許してくれている。

「話戻《もど》るけど……蹴った、ってなんだ？　あいつそんなに忙《いそが》しかったか？」

「信符？　忙しいよ。ここんとこは」

しかし、今話題に上っている高遠に対しては、はじめからどうしても、うち解けることはできなかった。

「他《ほか》、なに入れてんだ」

「店長。今業界でも評判のテナーサックス奏者、高遠信符の定期ライブ行ってる、ちんまいジャズバーはどこの店でしょう？」

　というよりも、希は今もって玲二と義一以外には、実際腹を割ってみせることはできない。根深い人間不信は、その頑《かたく》なさを許してくれる人以外の前では単なる甘えに過ぎないと、すげなく言い切られてしまいそうで怖《こわ》いのだ。

「そういえば先月から妙に、よく来てるよな」

「……義一っちゃん……？」

「や、だってシフトだスケジュールはおまえに……って、ちんまいってなんだよ」

ツッコミが遅《おそ》い、と呆《あき》れられた義一はさらにむくれたが、完全に退室するタイミングを失っていた希は、なんだか掛《か》け合《あ》い漫才《まんざい》のようなやりとりをぼんやり眺《なが》めてしまう。

「暇なのかと思ってたんだけどなあ、そうか……しかしもうちょっと、色気出せって感じだなあ」

そして義一の、いささか複雑そうな声に希はどきりとする。この場合の「色気」が、別の意味であるのはわかりきっていたが、どうもこの日はその手の単語に過剰《かじょう》反応するようだと自分を戒《いまし》めた。

「私生活も色気ないしねえ」

「相変わらず、女っ気なしか」

(え……)

しかし、やや下世話な連想になったのは希だけではないらしく、また彼らの発言には思わず、違《ちが》うと叫《さけ》びそうになった。

(知らない……の?)

この大人ふたりも、あの高遠を見たことはないのだろうかと思えば呆然《ぼうぜん》として、また希は混乱しかかった。

(どういうこと……)

「まあ、いいんだけど。うちの甥《おい》ッ子《こ》もファンらしいから」

「えっ!?」

あげく、入り込めず眺めていただけの会話に、いきなり自分のことが浮上《ふじょう》して面食らう。

「なんだ、そうなの？」

「あ、いや、あの……ファンっていうか」

「だってそうじゃない、ライブのある日になるべくあててって、初日から頼《たの》んできたじゃない」

そうだけど、と希は俯《うつむ》いてしまう。高遠のステージが好きなのは事実だが、改めて他人の口から言われてしまうと、なんだか浮《うわ》ついているようでひどく、恥《は》ずかしかった。

「そりゃまた――……」

そして、義一がなにごとかを口にしかけた瞬間《しゅんかん》、また予告なくドアが開かれる。

「……東埜さん。撤収《てっしゅう》」

先ほどよりも三割り増し不機嫌《ふきげん》そうに告げたのは、案の上の高遠で、話題が話題だっただけに希はびくりと肩《かた》をひきつらせてしまう。

「すまん。今行く」

「あ、俺もこれで……」

失礼します、と一礼して、背の高い男の脇《わき》をすり抜《ぬ》ける瞬間には、どうしようもない緊張感《きんちょうかん》を覚えてしまう。

「……お疲《つか》れ」

ぼそりとまた、低く落とされたそれが笑みを含《ふく》んでいるように感じるのは、決して気のせいではないだろう。

(聞かれたんだ……っ)

ファンだから、ということは否定はしないけれども、実際目の前に本人がいる状況《じょうきょう》でそれを話題にされるのは、いたたまれないような気分になる。

それでも一昨日《おととい》までの希であれば、照れながらもここまで惨《みじ》めな気分にはならなかっただろう。

(あんなヤツなのに――……)

ぐるぐると考えながら控《ひか》え室《しつ》に戻れば、遅番《おそばん》のシフトで入った塚本が声をかけてくる。

「あっれ、希まだいたの？」

「あ、うん……店長室、呼ばれて」

やや軽薄《けいはく》な明るい声に日常を取り戻し、ほっとしながら着替《きが》えに入る。

「今日ライブだったんだよな、俺、撤収組」

「俺、設営組だった」

しんどいよなあ、と苦笑しつつ着替えをするのも、塚本相手ならばなんの衒《てら》いもありはしない。当たり前だ、同性なのだから。

「店長室って、なに、なんかあったん？」

「ん？　いや、バカ話に付き合わされて」

少し心配したように覗《のぞ》き込んでくる塚本に、大丈夫《だいじょうぶ》だよと笑ってみせても、心の奥に壁《かべ》がある。それでも、希にはその程度の距離《きょり》でちょうどいいのだ。

生な人間関係は苦手なばかりか、女性全般《ぜんぱん》へのコンプレックスも相まって、だからこそ、その部分が剝《む》き出しになる恋愛《れんあい》やセックス絡《がら》みの事柄《ことがら》は遠慮《えんりょ》したい。

それなのに、もっとも希の触《ふ》れたくない部分を素手で摑《つか》んでくるような高遠の存在が怖くてたまらない。

「あ、なあ、希これ食わない？　さっき買ったんだけど食いそびれて」

「え？　いいの？」

ぼんやりとしていれば、塚本から不意に差し出されたのは近頃《ちかごろ》ＣＭでよく見る大手コンビニの、新商品のサンドイッチだった。厚いパンに挟《はさ》まれた具はチープシックが売りのコンビニ商品のイメージを変えようと、新鮮《しんせん》なシーフードがたっぷり使われている。

「俺これから入るからさ。食ってると時間ないし」

「ありがとう、貰《もら》う」

今日は休憩《きゅうけい》時間にも気が滅入《めい》って、実はなにも口にしなかったのだ。着替えを終えた所だったため、備品のパイプ椅子《いす》に陣取《じんど》って、希は大振《おおぶ》りなそれに囓《かじ》りついた。

「どうそれ？」

「美味《おい》しいよ。塚本、食べてないの？」

「試食に買ったのに食いそびれたんだよー。ああっ、明日絶対食う！」

どうでもいいような会話がひどく楽しくて、希は珍《めずら》しくその小さめの唇《くちびる》を綻《ほころ》ばせた。

「っはよーす、遅《おく》れました。……あれ？　希まだいんの？　っつかメシ食ってるし」

やはり飲み物が欲しいかと思いつつ、結構食いでがあるそれを頰張《ほおば》っていれば、遅刻《ちこく》したらしい、これもバイトの鈴木《すずき》が慌《あわ》てて駆《か》け込んできた。この彼は希とほぼ同時期に入ってきた新人なのだが、遅刻《ちこく》や欠勤が多いので少々評判がよくない。まあそれでも愛想《あいそ》はいいので、仲間内ではさほどに嫌《きら》われていないが、派手な容姿の割に案外真面目《まじめ》な塚本はさすがに咎《とが》めた。

「これから帰りだってよ。ってかおっせえよ鈴木。減給だぞ」

「知ってんよ、ちょいヤボ用で。さっき高遠さんに睨《にら》まれちった」

高遠、の言葉に思わず、咀嚼《そしゃく》も止まる。そして今は厚手のジャケットに隠《かく》れている、自分の細い二《に》の腕《うで》を、そっとかばうように希は押《お》さえた。

「げー……あの人、ミスるとおっかねえよなあ……」

「静かだしほっとんど喋《しゃべ》んねんだけど、なんか時々迫力《はくりょく》つか」

そうして、にぎやかしい塚本たちに気づかれぬよう、ため息を落とす。

（……なんで、なんだろう）

先ほどの玲二たちの口振《くちぶ》りからすると、高遠のあの姿を知る者は本当にいないらしい。実際、今この場にいる塚本たちの言葉の端々《はしばし》からも、やはり硬質《こうしつ》なイメージしか浮《う》かんでは来ない。

たしかにそうだろう。希とて、昨日の夜までそんな彼など想像したこともなかった。

女を抱《だ》いた高遠の腕の逞《たくま》しさや、指先のセンシュアルな動きなど、意識もしなければ知りもしなかった。

知りたくも、なかったのだ。

そうすれば今日の仕事中にしたところで、あの程度の接触《せっしょく》など、気にも留めずにいられたのに――。

それは今から数時間前、ライブに備え、夕刻からのセッティングを行っていた際のことだ。

リハーサルを行う高遠と希はむろん会話することもなく、掃除《そうじ》の後に普段《ふだん》は食事と酒を出すためのテーブルをあらかた片づけ、椅子を並べ替《か》えていた時のことだった。

「………しょ、っと」

義一のこだわりとかで、この店の地下の内装は百年前のイギリスのバーカウンターをそのまま買い付け、設置したという。その雰囲気《ふんいき》に合わせて揃《そろ》えた木製の古めかしい椅子は頑丈《がんじょう》な造りで案外に重たい。二つ重ねて運ぶだけでも腰《こし》がふらついて、額に汗《あせ》を浮かべながらの作業だった。

「おい、ライトそっちじゃねえだろ！」

「すいませーん、機材車店の前に置くと怒《おこ》られるんですけどー」

ステージスタッフとウエイターとが入り乱れ、気ぜわしい怒声《どせい》が飛びかう中、玲二に言われたとおりに駆けずり回る希の背後から、声がかけられた。

「………重そうだな」

ステージに立つからといって、特に高遠は衣装などを着ることはない。この日もラフなダンガリーシャツにジーンズのままで、片手にはスポーツドリンクのミニペットボトルがあった。

「見ればわかるでしょう……」

控え室での一件以来、どうもむかむかとした気分を堪《こら》えきれない希は、順列に並べた椅子の間に点在する、ドリンクを置くためのテーブルを引きずっていた。

高遠はこの手の力仕事を手伝うことはない。当たり前の話で、楽器を扱《あつか》う指にもしものことがあってはいけないからだ。

「なにか、ご用ですか？」

「いや、ステージ見てるだけだ」

ふらふらと店内を手持ち無沙汰《ぶさた》に巡《めぐ》っているのもいつものことなのに、どうにも気が障《さわ》ってつい剣呑《けんのん》な声を出せば、気にした様子もなくしらっとそんな答えが返ってくる。

（だったらあっち行けよ……）

平坦《へいたん》な声音にカチンとなりながら、設営のチェックをしていると言われれば反論もできず、ただ黙々《もくもく》と希はテーブルセッティングを続けた。

（無視だ、無視）

実際やらなければいけないことはたくさんある。椅子とテーブルの配置が終われば今度はそれを拭《ふ》いて、紙ナプキンとメニューをセットして、それぞれに並べて。

（っつーか、どっちかにできないのかなあ……）

本来はジャズバーではあるが、ライブハウスも兼《か》ねるこの店では、イベントがあるごとに、店内のセッティングもメニューの内容も変わってくるから大変なのだ。

特に高遠のように固定客がいる奏者がステージに立つライブメインの日と、食事のついでにスタンダードナンバーを流すだけの通常営業日が日を開けず交互《こうご》にあると、その度に若手のウエイターは重労働を強《し》いられる。

「希、そっち終わったら厨房《ちゅうぼう》見て、ドリンク確認して」

「はぁいっ」

そして、その間中、つかず離《はな》れずの距離にある長い腕にも、忙《いそが》しさに気を取られた希はさして意識を配ることもなかった。

「よく働くな」

「……仕事ですからっ」

性懲《しょうこ》りもなく背後から、やはり意図の読めない声がかけられる。忙しいのだとアピールするようにつっけんどんに答えれば、彼は軽く肩《かた》を竦《すく》ませるアクションを取った。

「まあ、よくやるとは思う」

呟《つぶや》く声にどういう意味だとむっとなりながら振《ふ》り向けば、強い視線にぶつかった。

（な……に……）

舐《な》めるようなその視線に、びくりと身体《からだ》が強《こわ》ばる。動きの止まった希の耳元に、身を屈《かが》めた彼のひそめた囁《ささや》きが落とされる。

「エプロンのサイズ、もう少し合うのにしろよ」

「なんで……」

確かにありもので間に合わせたために、制服のギャルソンエプロンを纏《まと》うと、希の細い腰ではまるで巻きスカートのようになってしまう。だが、見苦しく着崩《きくず》すような代物《しろもの》でもなし、意味がわからないと希は首を傾《かし》げた。

「みっともないってことですか……？」

「別に」

耳元を掠《かす》めた吐息《といき》に焦《あせ》って身体を引けば、ごくわずかに高遠は唇を引き上げた。

「――わかんなきゃ、いい」

落とされる彼の視線の先には、自分の頼《たよ》りない細さの腹部があった。

「どっ……こ、見て……」

上擦《うわず》った希の声に答える彼は、憎《にく》らしいほどに常と変わらない表情だ。

「おまえの腰。……細いな。女並みだ」

「――!!」

しゃあしゃあと言ってのけた高遠にかっとなった希は、思わず手にしていたメニューの束を取り落とし、視線から腰を庇《かば》うように押さえた。

「落としたぞ」

親切ごかし、散らばったそれを拾って差し出してくる高遠に後じされれば、長くしなやかな指が引き留めるように希の腕を摑《つか》んだ。

「っ……誰《だれ》のせいで……！」

瞳《ひとみ》を吊り上げ、怒鳴《どな》ろうとした希はしかし、首筋までを赤く染めて黙《だま》り込んだ。がくり、と崩れた足元を、強い腕に引き上げられ支えられる。

「頑張《がんば》るのはいいけど、先に体力つければどうだ。……腕やわらかいな、おまえ」

「……このっ……！」

よく言う、と睨《にら》み付ける双眸《そうぼう》は、しかしわずかに染まっている。

（これじゃセクハラじゃないか……っ！）

腕を掴まれた瞬間《しゅんかん》、高遠の長い指がシャツ越《ご》しに触《ふ》れる二の腕の内側、日に焼けぬままやわらかいそこを、微妙《びみょう》な動きでなぞられたのだ。

たったそれだけだ。それだけなのに、腰に走った覚えのある甘い戦慄《せんりつ》に、落とされそうになった。

「……邪魔《じゃま》したな。手が止まってる。続けてくれ」

そんなふうに仕向けたのは誰なのかまるで知らぬげに、涼《すず》しい顔の男は希をおいて去っていく。

（——最低っ！）

罵声《ばせい》を飲み込んだ視線の先、ゆわいた長い髪《かみ》を揺《ゆ》らしながら、長い脚《あし》で歩みを進める男がいた。

「―――……っそ、まじかよ！」

わっと弾《はじ》けた笑い声に意識を引き戻《もど》され、希は目をしばたいた。

また高遠のことを考えている自分に段々うんざりもしてくるけれども、ことあるごとに希をつついては忘れさせないのはあちらの方だという気もする。

なにもなかったことにしたいのならば、いっそ素知らぬふりか、それでなければ口止めでもしてくればいい。

（なんで、俺にだけ……？）

それすら別に、必要ないこととは思うけれども、素行の乱れを友人の甥《おい》に知られるのもあまり、ばつのいい話ではないと思う。だが、それは個人の主義だとわからないほどに幼くはないつもりだ。

ただ、なにか。あの瞬間から高遠の発する危険な気配の中に、ずっと捕《と》らわれている気がしてしまう。そしてそれが、希の自意識過剰《かじょう》ではないと知らしめるような表情を声を、あの男がするから悪いのだ。

今日一日、気づけばこんなふうに高遠のことばかり考えている自分に気づいて、内心で舌打ちをする。

「なあ、ところで希はどうよ？　彼女とかさ」

「えっ？」

物思いに沈《しず》んでいたところに不意に話をふられ、希は目を丸くする。

「あれだけ引く手あまたじゃん、でも全然のらないし。本命いるの?」

「そうそう、いっつもはぐらかすんだからさ、たまにはばらしちまえって」

塚本たちの邪気《じゃき》のないからかいになんとか自分を立てなおし、曖昧《あいまい》な笑《え》みを浮《う》かべてみせる。

「そういうの、あんまり興味ないよ。勘弁《かんべん》して」

いかにも億劫《おっくう》そうに言ってみせても、実際には語るほどの経験など何もありはしない。だが、この手の追及《ついきゅう》をかわすには、過剰に反応しないのが一番いい。

「ちぇ、余裕《よゆう》だよなあ」

「いいよな、もてるヤツは」

彼らも話のタネ程度で、別に詮索《せんさく》する気もなかったのだろう、あっさりとそんなコメントを返してくる。話題から逃《のが》れたことに内心ほっとしながら食べかけのサンドイッチを手に取った瞬間、誰かが控《ひか》え室《しつ》のドアを開ける。

そこにいたのは高遠で、瞬時《しゅんじ》に跳《は》ね上がった心臓が痛いほどだと希は感じる。

「………にぎやかだな」

彼の方ももう上がりと見えて、サックスの入った大振《おおぶ》りなケースを抱《かか》えている。

「あ、すいません。今入ります!」

高遠相手には誰しも緊張《きんちょう》を覚えるのか、今までの緩《ゆる》んだ表情を引き締《し》めた塚本が、希の肩を軽く叩《たた》いて振り返る。

「じゃ、希、またな」

「あ……うん、また」

うっかりとそのまま塚本を見送ると、室内には高遠とやや緊張気味で口を開かない鈴木、そして希が残された。

（……しまった……）

自分も退室したかったけれども、いかにも食べかけの状態では、慌《あわ》てて帰るのも妙《みょう》な気がする。おまけに、今日一日の出来事のおかげで奇妙《きみょう》に意識してしまうから、ここで慌てて帰途《きと》につくのは逃《に》げていると思われるようで嫌《いや》だった。

（どうしよう……）

気まずい沈黙《ちんもく》が落ち、どうしようもないまま残りのサンドイッチを口に運んだ希は、味がしないと思いながら極力、目の前にいる男から意識を逸《そ》らそうとした。

それでも、ライブ後のまだ濡《ぬ》れたシャツを億劫そうに脱《ぬ》ぐ仕草や、そこに現われた筋肉の張り詰《つ》めた背中はどうしても目の端《はし》に入ってくる。

（ちくしょう……）

自分ばかりがどうしてこんなに居たたまれない気分にならなければいけないのだと、希は憤《ふん》懣《まん》やる方ない。

とにかく、鈴木が着替《きが》え終える前に食べてしまえと、ボリュームがありすぎていささか持て余すそれにめげそうになりながら、残りを口に押し込んだ。しかし、二つ目に手をつけた瞬間、ついに鈴木が口を開く。

「じゃ、おつかれさま、希。高遠さん、失礼します」

「ん……じゃあ」

希が曖昧に笑い、目顔だけで会釈《えしゃく》した高遠へ、挨拶《あいさつ》を告げながら背を向けた鈴木が去ると、室内の空気が変化する。

息詰《いきづ》まるような緊張感を覚えて、希は一言も発しないまま、乾《かわ》いた口の中にパンを押し込んだ。

高遠の着替える衣擦《きぬず》れの音と、希の咀嚼《そしゃく》のそれだけが室内に響《ひび》く。その沈黙を破ったのは、穏《おだ》やかな高遠の声だった。

「――今頃《いまごろ》食事か？」

抑揚《よくよう》のない声音は、感情を読み取りづらい。一瞬《いっしゅん》、それが自分に向けられたものとはわからず、しかしこの部屋にはいまふたりだけであることに気づいて、億劫ながら希は答える。

「食べ損ねてたんで……塚本が、くれたし」

「ふうん」

自分で問い掛《か》けたくせに、さして興味もなさげな高遠の態度はそっけなく、会話を打ち切られたような後味の悪さを感じる。

「……これ、飲むか」

「え？」

しかし、俯《うつむ》いた視界に不意に差し出されたのは飲み差しのペットボトルで、希は面食らった。

それは先ほど、ステージの前に高遠が持っていたのと同じスポーツ飲料だった。

「飲み差しで悪いけどな。なにもないよりいいだろう」

「あ、……りがとう、ございます」

親切なのだろうが、なにしろ普段《ふだん》でも機嫌《きげん》が悪いのかと思うほど、低い上にとことん抑揚がない声だ。あげく、今日一日ほとんど彼のせいで気が休まらなかった希は、どういう顔をしたらいいのかわからない。

おまけに高遠が口をつけたものだと思えば変に意識して、飲むこともできなかった。

(なんかよけい、喉渇《のどかわ》く……)

取りあえず受け取ったままでまた黙り込んだ希は、不意に視界が翳《かげ》ったことを訝《いぶか》しんで顔を上げ、思わず声をつまらせた。

「なんっ……です、か」

着替え途中《とちゅう》のまま、ジーンズの上にはシャツに腕《うで》を通しただけの高遠が目の前にたたずんでいた。つくづく、この男は気配を殺すのがうまいと思う。人慣れせず臆病《おくびょう》な分、空気には敏感《びんかん》であると思う自分が、これほどに距離《きょり》を詰められるまでまったく気づけないのだから。

「なんか用、ですか?」

頭上から見下ろされるのが気に食わず、また、真正面にこの男のさらされた胸板があるという状況《じょうきょう》にひどくどぎまぎして、ふいと顔を逸らした。

「誰《だれ》にも言わなかったんだな」

(……来た……)

含《ふく》み笑うような声に、内心ひやりとしながら、はあ、とわざととぼけた声を出す。

「なんのことですか？」

「昨日のことさ。……見てたんだろ」

本来、気まずいのはあんな場面を見られた高遠の方であると思うのに、彼はまるでそのことに頓着《とんちゃく》がないようだ。どころか、ずいぶんとストレートに切り込まれ、希の方がうろたえそうになる。

（恥《はじ》知らず……）

そんな自分が情けなく腹も立って、ぬけぬけと言い放つ高遠を無視したまま、もう味もわからなくなったサンドイッチを取り上げれば、長い指が伸《の》びてきた。

「なにす……っ」

「腹減った」

「腹減ったたって、ちょっ……!?」

そのまま、指ごと銜《くわ》えられて齧《かじ》りつかれ、歯の食い込む痛みだけでなく指先が疼《うず》く。

「信じら……ん、な……っ」

驚愕《きょうがく》のまま見上げた先の男の視線は強く、その意図がわからず、じりじりとした嫌な気分がせり上がってくる。

震《ふる》える指先から唇《くちびる》を離《はな》し、端に零《こぼ》れたクリームソースを舐《な》め取る舌があまりに卑猥《ひわい》だ。

「なに、びくついてるんだ」

シグナルが明滅《めいめつ》する。

危険だ、この男は。だがその怯《おび》えを悟《さと》られたくはなく、精一杯《せいいっぱい》の虚勢《きょせい》で睨《にら》み付ける。

「今日一日、ずっとびくびくしてたろう」

「誰がっ——‼」

かっとなって立ち上がった希は、しかしそれが高遠の挑発《ちょうはつ》にうかうかと乗せられたのだということに気づく。

「ひっ！」

瞬間《しゅんかん》、息が詰《つ》まった。

あのしなやかに長い指は希の喉《のど》を捕《と》らえ、そのまま叩《たた》きつけるように背後のロッカーへと押さえ付けられる。派手な音をたてて後頭部をぶつけ、くらりと視界が歪《ゆが》んだ。

そうして、次の瞬間部屋の電気が落とされる。

「なん……」

痛みに歪んだ瞳《ひとみ》をようようこらし、必死で瞬《また》かせる瞳は、昨晩《ゆうべ》感じた恐怖《きょうふ》がじわじわと現実のものになりつつあることに怯えていた。

ドアにはめ込まれた磨《す》りガラスの向こう、廊下《ろうか》からの僅《わず》かな光が唯一《ゆいいつ》の光源でしかない、それでも高遠の瞳だけは、あの金褐色《きんかっしょく》の輝《かがや》きを放つようだ。

「なんだよ……なにする……っ」

「うっかり見ちまったもんはしょうがないだろうけど、ああまでびくつかれるとな……こっち

が気になってしょうがない」

細い喉は彼の片手で絞め上げられ、呼吸さえままならない。外そうともがく片腕は頭上に戒《いまし》められ、もう片方の手は押さえ付けられたときに自分の背中とロッカーに挟《はさ》み込まれている。

ひどい痛みがあって、脂汗《あぶらあせ》が流れてくる。

「どうしてばらさなかったんだ？　雪下さんなり東埜さんなり。潔癖《けっぺき》ぶって苛《いら》ついてるくらいなら、そうと言えばいい」

「そん……っ」

だというのに、高遠はさほどの力を込めているようでもない。武道をかじってでもいるのだろうか、急所やヒトの身体《からだ》の力点を心得ている動きだった。

(怖《こわ》い……っ)

一回り大きな影《かげ》に飲み込まれ、泣きたいような気分になってくる。がたがたと身体中が震え、それでも希は必死に相手を睨み付けた。

この男に力ではかなわないだろうことはあまりに歴然としていて、抗《あらが》うことさえ考えもつかない。そんな自分の非力さが、たまらなく悔《くや》しかった。

「ひっ…との、下半身関係なんか、興味ないからっ！」

息苦しい中、かすれた声でどうにかそれだけを返す。どうにもならない身体で、唯一彼に抵《てい》抗《こう》できることといえば口先と視線だけだ。

「こんな、こと、しなくたって、誰にも言う気なんかないよっ！　放せ……っ！」

「ふん」

面白《おもしろ》くもなさそうに鼻を鳴らし、高遠は喉を絞め上げていた指を緩《ゆる》めた。急激に入り込んできた新鮮《しんせん》な空気に噎《む》せ、希はえずくように咳《せ》き込む。

「手っ……はなっ……っ」

ひとしきり噎せこみながら、戒めを解けと告げても、高遠は解放してくれはしなかった。後ろにねじり上げられている腕をロッカーから離し、その代わり自らの力強い腕でさらにひねり上げる。

「痛っ……この、はなせっつって……!?」

驚《おどろ》くほど無駄《むだ》のない動きでそのまま、華奢《きゃしゃ》な身体を引き寄せられた先に、はだけたままの裸《はだか》の胸がある。意外な行動にぼうっとなった希は、ごくなめらかな動作で自らの唇がなにかやわらかなものに包まれていくことを現実のこととして認識ができなかった。

「ウ……!?」

押しつけられた唇はやわやわと噛《か》むように薄《うす》い皮膚《ひふ》の上をさまよい、時折に吸い上げてくる。みじろぎひとつできないまま呆然《ぼうぜん》と目を見開いた希は、痛いほど絞め上げられていた腕がいつのまにか解かれていることにも気づけなかった。

「ン――――!?」

首筋を捕らえられ、ぐっと引き寄せられる。唇のあわせが深くなり、弾《はず》みで開いた隙間《すきま》にぬるりとしたものが滑《すべ》り込んできた。

（しっ……舌、入ってる……っ）

はっとなりもがいても、ぎゅうぎゅうと抱《だ》き竦《すく》められた体勢では動きが制限される。これも先ほどと同じで、大した力を込めている様子もないのに関節や力点にあたる部位を無駄なく押さえられ、抵抗しようにも身動きが取れないのだ。

「ム、う、……んン……っ!!」

その間にも、濡《ぬ》れた感触《かんしょく》はやわらかく淫猥《いんわい》な動きを見せる。唇の裏を舐められて、歯茎《はぐき》も、舌も、とにかく余すところなく舐め回される。

「ううっ……ン……」

息苦しさから漏《も》らしてしまった自分の喉声が甘《あま》ったるい響きを含んでいることにぎょっとなり、せめても逃《のが》れようと頼《たよ》りなく首を振《ふ》れば、上顎《うわあご》の裏側にひたりと舌先が当てられる。

「――ンっ⁉」

不愉快《ふゆかい》さと慣れぬ感触に臆《おく》していた身体は、そのほんのわずかな接触《せっしょく》によって、一気に沸点《ふってん》に達してしまった。

（うそ……！）

変化を見せはじめた節操のない下半身は、高遠の長い脚《あし》に押さえ付けられている。もうわずかに刺激《しげき》を加えられれば、顕著《けんちょ》な変化を見せてしまうだろう。

頼《たの》むから離してくれと訴《うった》えようにも、唇は塞がれたままだ。せめて瞳で訴えようと息苦しさからきつく瞑《つぶ》っていた瞳をようよう開ければ、希は己《おのれ》の浅はかさに愕然《がくぜん》となる。

「ふぁ……っ！」

至近距離のそこには、あの射貫《いぬ》くような瞳があった。

数メートルの距離をおいてさえ、希の身体を慄《おのの》かせた視線が、誤魔化《ごまか》しようもなく眼前にあり、そして希だけを見据《みす》えている。

目の高さにある鎖骨《さこつ》には、まだわずかに汗《あせ》が滲《にじ》んでいて、もう何度覚えたか知れない眩暈《めまい》が希を襲《おそ》う。高遠の、不愉快ではない体臭《たいしゅう》に捲《ま》き込まれて、陶然《とうぜん》となりそうな自分を知った。

「……や、……！」

びくり、と背中が跳《は》ね、急速に高まった自分の身体を知り、またそれを高遠にも知られてしまった。彼の硬《かた》い腿《もも》に押しあてられているそこは、もうどうしようもない状態になってしまっている。

（なんで……？）

情けなさに、じわりと瞳が滲んだ。じっと見据えている高遠の瞳が、それを認めてやわらかく和《なご》む。その慈《いつく》しむような視線にどきりと跳ね上がった心臓は、さらに絡《から》み付いてくる舌の動きによって脈動を激しくしていく。

「ふ……っ、ふぅ、んん……」

知らず、わずかに動くことを許された指先は震え、彼のシャツをすがるように摑《つか》んでいた。力が抜けてしまって、そうしなければ立っていられない。

もうなにも考えられなかった。

高遠の唇と舌に翻弄《ほんろう》されるまま、ただ目を瞑《つぶ》る。抵抗の止《や》んだ身体を大きな手のひらが撫《な》で回して、口づけの音は動きにつれて激しくなり、自然に揺《ゆ》れてしまう腰《こし》を両手で包まれる。

「ア、ッ！」

ぎくりとして思わず身体を反らせれば、ほどけた唇から伝う唾液《だえき》が銀色の糸を引いた。広い胸から逃れようと押し戻《もど》す腕《うで》には、まるで力が入らない。

「やめ……！」

ぎゅっと摑まれたやわらかい肉に、高遠の指が食い込んでいる。

昨日の夜、あの女に与《あた》えただろう官能を希にも知らしめるように。

「……昨日も、そんな目をしてただろう」

濡れた唇《くちびる》が耳朶《みみたぶ》を挟みながら囁《ささや》くそれが、陶酔感《とうすいかん》を与えるような甘い声をしていると思った。知らなかったその声に溶《と》かされそうになって、震《ふる》える唇で悪態をつく。

「なんのことっ……く、う」

悩《なや》ましいラインの女の尻《しり》の上を滑った指先が、いまは希の、色気もないデニムジーンズに包まれた腿を撫で回しているのが奇妙《きみょう》だと思う。

「だいたいっ……こんなこと、彼女とでもすればいいでしょう！」

「――……カノジョ」

鼻白んだ声で高遠は繰《く》り返し、急に温度の下がったそれに希は震えた。

「別にそんなもの作った覚えはないけど」

「……じゃ、昨夜の女は、じゃあ、なんなんだよっ！　誰《だれ》だよあれっ！」

ホテルから出てきて、路上であんな激しいキスをしていたくせにと、まるで詰《なじ》るような希の言葉に、高遠はあっさりと呟《つぶや》いた。

「――さあ」

「さ、さあ⁉……とぼけんなよっ！」

「とぼけるもクソも、知らないものは答えようがない」

もう一度近づいた唇を、今度は両手で押し戻した。これ以上流されるのは業腹《ごうはら》で、それ以上に心臓が嫌《いや》な苦しさを覚えている。

「……誰だかも知らない女とあんなことするのか……⁉」

叫《さけ》びながら、ひどく傷ついている自分が不思議だった。これではまるで、嫉妬《しっと》している女のようだ。

「……だったらこんなことは俺以外として下さいっ！」

言い放ちながらその光景を想像し、またひどい傷を負う。泣きたいような気持ちで、でももう口は止まらない。

「そんで、ビョーキにでも何でも勝手に、なッ………‼」

精一杯睨《せいいっぱいにら》んで見せたのに、どうしようもなく弱く語尾《ごび》が崩《くず》れたのは、彼の唇を押さえ付ける手のひらを、不意に舐《な》められたせいだった。

「この……っ」

　びくん、とその生暖かい感触にひるんだ隙《すき》を、高遠は見逃《みのが》さない。もう一度引き寄せられ、今度は腰をぴたりとあわせるように抱き竦められる。

「……そんな顔もできるくせに」

「え……？」

（どういう意味…）

　囁かれた言葉の意味がわからず目を瞠《みは》れば、しかし希の怪訝《けげん》な視線には答えないままの悪い男は、喉奥《のどおく》でくぐもった笑いを発した。

「意外と純情なんだな。……やっぱり童貞《どうてい》か、おまえ」

「ふざ、ふざけっ……！」

　図星を指され、かっと熱くなった頬《ほお》に甘やかな仕草の唇が押し当てられる。肉の薄い身体《からだ》の中、唯一《ゆいいつ》まろみを帯びた部分を手のひらが揉《も》むように撫で回していく。

「いやだ……」

　くたくたと力が抜けていく。いったいなにが起こったんだろう、自分はどうしてしまったんだろう。嫌で仕方ないのに、こんなことはやめてほしいのに、尻を撫でられたそこからなにかいけないものを流し込まれて、骨から溶けてしまいそうだと思う。

「いや……いや……いや……っ」

　重ねあった腰を微妙《びみょう》に動かされて、息が浅くなっていく。ぐずる子供のように語尾は甘えて崩れ、信憑性《しんぴょうせい》もない言葉でだけ拒《こば》みながらも、自分からそれを押し当てるように揺れる身体が恥《は》ずかしい。

「ヘンタイ……っ」

「なんとでも」

睦言《むつごと》を囁くような響きの声を唇に飲み込まれる。そうして舌を千切られるかと思うほどに吸い上げられ、痛いのにまたくらくらとして、ぬめって暖かい甘い毒を飲まされた。

「……ん、……く、ン」

崩れる。壊《こわ》れていく。戻れない。

そんな単語がくるくると頭をめぐる。

流れこんでくる、高遠のものだか自分のだか区別のつかない唾液を何度も飲み込んだ。味覚ではない甘さを感じて、そのたびに壊れていく。

焦《じ》れったい刺激に耐《た》えかね、ついにその広い背中にすがり、もう落ちてしまおうか、と無意識に身体を預けた瞬間《しゅんかん》だった。

「……あれ？　鍵《かぎ》かってる……」

（うそ——!!）

不意に聞こえた塚本の声に、びくん、と甘くとろけていた身体が硬直《こうちょく》する。

「はあ？　なんで？」

ぶつくさ言う声は、おそらく鈴木のものだ。慌《あわ》てて離《はな》れようとする希を、しかし高遠は抱《だ》き留める。

「ちょ、はな……っぅ」

あがいても叶《かな》わず、そしてさっきよりも激しい口づけに巻き込まれてしまう。物音がたつことを恐《おそ》れた希はろくな抵抗《ていこう》もできず、ひやりと背筋を落ちる嫌な感覚と、高遠の熱っぽい舌の与える毒に感覚を引き裂《さ》かれる。

「さっき希と高遠さんいたべ？　それでじゃん？　電気消えてるし」

「えーっ！　間違《まちが》ってかけて帰ったとかぁ!?　そりゃねえだろ」

訝《いぶか》しさを露《あらわ》にした様子の塚本が、がちゃがちゃとノブを回す。その間にも苛《さいな》むような口づけは続いていた。

「……っふ……んふ、ふ……っ」

高遠にかきまぜられる口の中がぬめって、ぴちゃぴちゃと音をたてるのが聞こえはしまいか。声が漏《も》れはしないだろうか。恐慌《きょうこう》状態のまま、希にはもうどうすることもできない。

「しゃあない、店長か雪下マネージャー呼んで来よう」

「え、さっきふたりともなんか、上の事務所行っちゃったんじゃ？　明日っから出張するとかゆってなかった？」

「えー!?」

なにがどうなってんだよ、と怪訝そうなふたりの声が、早足の足音と共に去っていく。

「ふあ……っ」

ほっとして力の抜《ぬ》けた希も、高遠からようやく解放される。濡《ぬ》れ切った唇を長い指が拭《ぬぐ》って、それを振《ふ》り払《はら》おうにも、緊張《きんちょう》の抜けた身体には億劫《おっくう》だった。

「は……っ」

舌も唇も痺《しび》れて、ひりひりと痛い。いったいどれだけの間、奪《うば》われ続けたのかわからない。

ぐったりとした希に、高遠の腕がやさしく巻き付いた。もう意地をはる余裕《よゆう》もなくなって、俯《うつむ》いたまま瞳《ひとみ》を閉じれば、なにかが零《こぼ》れていく。

「う……っ、ふ……」

壊れた。壊れてしまった。

「ひど……い」

塚本たちの気配に怯《おび》えながらも、自分の身体の熱は納まりを見せることなどなく、ただ翻弄《ほんろう》されながら決壊《けっかい》を待っていた。幾度《いくど》も頂点を逸《そ》らされた奔流《ほんりゅう》は、耳を打つ鼓動《こどう》の高まりとともに希を苦しめる。

「どうする……？」

なじる言葉を意にも介《かい》さないように無視して、そのくせに希の身体をあやすように抱き締《し》めながら、濡れた声が囁きかけてくる。

「っにが……っ」

「……どっかで続き、するか？」

なんの続きだと言い返す気力もなくただかぶりを振れば、笑《え》み含《ふく》んだ声が問い掛《か》ける。

「ここでされたくなけりゃ、おまえの家に行く？」

言葉だけは委《ゆだ》ねるようなその声は、決定権は希にないことを知らしめる。嫌《いや》だといえば、このまま解放されるのだろうか。それともさっきのように押さえ付けられ、もっとひどいなにかを施《ほどこ》されるのか。

いずれの選択肢《せんたくし》もろくなものではない。壊された自分を引きずって、ひとり家に戻《もど》ったところで、待っているのは昨夜《ゆうべ》の繰《く》り返しだ。

「する、………って」

「なにを、とかいちいち言った方がいいのか？」

揺《ゆ》れた眼差《まなざ》しで見上げた高遠の表情は、不思議な甘さに満ちていた。少なくとも、蔑《さげす》むような色はそこには見えず、どこか熱を孕《はら》んだ視線に希は陶然《とうぜん》となってしまう。

「……さっきみたいに、おまえの身体中舐めまわして、触《さわ》って」

そして、続けられる声には揶揄《やゆ》が含まれているのに、耳元に吹《ふ》き込まれるそれには、形ばかりでも抗《あらが》うことができない。

「セックス、するんだよ」

「ひ……っ」

最後通牒《つうちょう》のようなその単語を囁《ささや》かれれば、もうなにも考えられなかった。

今までひっそりと身を縮こまらせ、人に触《ふ》れることさえもおっかなびっくりだった希に、高遠の施したものはあまりに刺激《しげき》が強すぎた。

肌《はだ》が痛い抱擁《ほうよう》や、唇《くちびる》を合わせること、他人の唾液《だえき》の味と温度も教えられて、舌の擦《こす》れる感《かん》触《しょく》とその時に上がる卑猥《ひわい》な水音。

生々しく淫《みだ》らなものなど嫌悪《けんお》していたはずなのに、高遠に吸われた唇がわなないたのは不愉《ふゆ》快《かい》だったせいではない。腰《こし》を抱かれて揺らされて、高ぶりきった自分のそれはもう、濡れてしまっている。

膨《ふく》れ上がった情動そのものの形をして、いやらしく擦られるのを待っているそこが痛い。痛くてたまらなくて、どうにかして欲しい欲求だけで、思考が赤く染まっていく。

「どうする……？」

問われて、ごくり、と希は渇《かわ》いた喉《のど》を上下させた。これから自分の発する言葉が、どれほどの意味を持つものか、もう考えたくはない。というよりももう、まともな思考などこの状態で浮《う》かぶわけもない。

「……こじゃ」

「ん？」

俯いたまま、ようやく搾《しぼ》り出した声はしなだれかかるような媚《こび》があった。情けなくて、また涙《なみだ》が出る。

「ここじゃ……いやです……」

震《ふる》える喉をこらえ、それだけを呟《つぶや》くと、思うよりもずっとやさしい抱擁に包まれる。

「了解《りょうかい》」

退路を塞がれ、足元が崩《くず》れていく感覚に怯える中、ただひとつ確かなのは縋《すが》り付いたこの広い胸だけだ。最悪の事態はもう訪れてしまったから、これ以上怯えることもない。

すべてを奪われ、委ねたことに対して希が感じるのは、どこかいびつな安堵《あんど》の思いだけだ。

しかし、この時の希はまだわかってなどいなかった。

強く怯え続け、避《さ》け続けた生身の接触《せっしょく》が、どれほどのものであるのかを。

＊　＊　＊

見慣れたはずの玄関《げんかん》に足を踏《ふ》み入れた瞬間、居たたまれないほどの羞恥《しゅうち》がよみがえる。

「……あがって下さい」

そっけなく言い捨てながら、実際には心臓がはち切れそうだった。

長い脚《あし》を曲げ、彼が靴《くつ》を脱《ぬ》ぐその場所で、高遠の指を思いながら白濁《はくだく》した体液を撒《ま》き散らした希の姿など、背後に立つ男が知る由《よし》もないのに、恥《は》ずかしくてたまらない。

どうなってしまうのだろう、とぼんやりした頭で考える。

（どうして、家に、なんて……）

誰《だれ》かに催眠術《さいみんじゅつ》でもかけられてしまったような朦朧《もうろう》とする意識のまま、ついには自分の砦《とりで》にまで高遠を立ち入らせてしまった。

毎日眠《ねむ》る部屋で、これからどんなことが起きるのだろうか。そしてすべてを終えて、高遠の匂《にお》いの濃厚《のうこう》に残された部屋で、はたして自分は今までどおりの日常を送れるというのだろうか。

そしてそれらを自分は、玲二に隠《かく》し通すことができるのだろうか――。

（もう、わかんない……）

いずれにしろ、もうすべてが遅《おそ》いような気がすると、ぼんやり立ち竦《すく》む希に、おい、と声がかけられた。

「電気。……スイッチは？」

「あ、すいませ……」

まだ明かりさえ点《つ》けていなかったことに気づき、慌《あわ》てて壁際《かべぎわ》に手を伸ばす。反射的に謝ったあと、なぜ俺が、と理不尽《りふじん》な思いがこみあげる。

帰りしな、隣《となり》を歩く男の泰然《たいぜん》とした態度にはなんの衒《てら》いも気負いも見えず、ましてがっついたような欲望など微塵《みじん》も匂わせることはなかった。見知った高遠がそこに居て、わずかばかりの安堵を覚えてさえいた。

そうする内に、なにがなんだかわからないような熱に浮かされた感覚も冷めて、ただ闇雲《やみくも》な怖《こわ》さだけが希を満たしていく。

（本気、なのかな……）

できるならあれは冗談《じょうだん》だったとか、からかっただけだとか、そう告げてくれはしないだろうかと、目の前の男を知らず見つめていた。今ならば、負う痛手も少ないことを、本能的に察していたのかもしれない。

「なんだ？」

だが不思議そうに問い返され、じっと凝視《ぎょうし》していた薄《うす》い唇が動くさまに感じたのは、背筋を虫が這《は》いずるような期待感だった。

「なんでもないです……」

どうしていいのかわからないまま視線を逸らそうとする希の頬《ほお》に、やわらかく指が添《そ》えられる。口づけられるのかと怯《おび》えた身体《からだ》を、しかし彼は強引に奪うことはなく、飽《あ》かず長いこと、やさしい動きで頬を撫《な》でていた。

（……なんだろう）

意図はわからないながら、あやすような仕草は決して嫌ではなかった。心地《ここち》よいとさえ思えた。そのまま自然に閉じた目蓋《まぶた》に、だから口づけを落とされても、諾々《だくだく》と受け入れた。

「……ふ……」

先ほど、店の控《ひか》え室《しつ》でかわした、緊迫感《きんぱくかん》と官能に満ちたそれとは、まるで色合の異なる唇が降りてくる。幾度《いくど》もついばむように、怯えさせないように、慈《いつく》しむように。乾いたままの唇は、素直《すなお》に気持ち良い感触を与《あた》えてくる。

それですらも細かに震える膝《ひざ》が砕《くだ》け、高遠に支えられる形で床《ゆか》へとくずおれる。

「……あの、お風呂《ふろ》とか……は？」

細かく震えながら床に背中を倒《たお》されて、それだけを呟くと、なぜか苦笑混じりのひとりごちた声が返る。

「ま、はじめはセオリーどおりにいきたいか」

「……え？」

呟くなり、伸《の》し掛かっていた男はあっさりと身を起こし、希は面食らった。

「先に入るか？」

「あ、いえ……どうぞ……」

なんだか間抜《まぬ》けな会話をしているような気もしたが、そうか、とあっさり頷《うなず》いた男のあまりのナチュラルさに毒気を抜《ぬ》かれていた。

高遠の姿が消え、ほうっと肩《かた》で大きく息をつく。がちがちに緊張《きんちょう》している。

（あれ、でも……）

そうしてごく自然に浴室へ消えた彼を訝《いぶか》しんだが、考えてみれば高遠も、玲二とは旧知の仲だったはずだ。もしかすればこのマンションへも、一度ならず来たこともあるのかもしれない。

「……あれ？」

考えた瞬間《しゅんかん》にはまた、喉奥《のどおく》に小骨がひっかかったような気がして、希は知らず眉《まゆ》を顰《ひそ》めた。

そしてそれが、玲二に対してまで嫉妬《しっと》めいた感情を覚えているのだと気づけば、自己嫌悪にまた拍車《はくしゃ》がかかる。

「なんでだよ……」

自分自身、高遠に対してどんな感情を持っているのか、もはやわからなくなっている。端整《たんせい》なたたずまいと淡々《たんたん》とした風情《ふぜい》の、高みの存在であった彼への憧憬《しょうけい》はとうに霧散《むさん》した。

今希の中にあるのは、ひどく危険な気配を滲《にじ》ませ自分を惑乱《わくらん》させるばかりの男に対する、持て余すような高さの熱量だけだ。

先ほどよりもひどい疲労感《ひろうかん》を感じて、のろのろとした動作で居間のクッションを枕《まくら》に、仰向《あおむ》けに転がった。だるい四肢《しし》を受けとめるには硬《かた》いラグマット越《ご》しの床の感触でも、考えることにも怯えることにも疲《つか》れた身体を眠りに誘《さそ》う。

高遠の目の前に無防備な姿をさらすことに抵抗《ていこう》がなくはなかったが、起きていてもいずれはなにかされてしまうのだ。逃《に》げようとしても無駄《むだ》なのは、さっき散々思い知った。へたに抵抗して痛い目を見るよりましかもしれない。

そんな風に言い訳を呟くのは卑怯《ひきょう》だと思いながらも、期待して待っている自分を知る方がよほど、怖かった。

（知るか、もう……）

ほとんど自棄《やけ》のようになって目を瞑れば、呼吸が深くなる。昨晩《ゆうべ》も煩悶《はんもん》するままほとんど眠れなかったのだ。

（どうにでもなれ）

疲弊《ひへい》しきった神経をせめても休めようと、急速で深い眠りに希は落ちていった。

さらり、とくすぐったいような感触《かんしょく》が頬をかすめて目を開ければ、呆《あき》れたような端整《たんせい》な顔が至近距離《きょり》にあった。

「わ！」

慌てて跳《は》ね起きれば、高遠の裸《はだか》の胸にまともにぶつかり、反動で床へ押し戻《もど》される。

「わってな……」

もはや苦笑いを浮《う》かべる高遠は、ジーンズの下だけを穿《は》き、首にタオルを引っ掛《か》けている。

冷たい感触は、まだ濡《ぬ》れている彼の髪《かみ》から滴《したた》ったものらしい。

「俺が言うことじゃないけど、心臓だな、おまえ」

寝《ね》るか普通《ふつう》。喉奥で笑われて、むうっと希はむくれた。

（誰のせいで……）

そして、こんなふうに笑っていてくれるならば怖くないのに、とめずらしい笑顔を見つめて思う。きつい印象の瞳《ひとみ》が和《なご》んで、顔立ちの甘さを強調する。こんな顔をもっと見せれば、女の人も群がってくるだろうに。

（……あ、もう充分なのか）

そんなことをふと思って、ひどく馴《な》れ合った空気が不思議だった。

それだけが目的ならば、寝込みを襲《おそ》うこともできただろうに、自分の衣服にはなんらそういった痕跡《こんせき》もない。ますます高遠がわからなくて、考えるより先に指先が動いた。

「……ん？」

まだ笑《え》んだ形の瞳がやさしくて、そのまま削《そ》げたラインの頰に触《ふ》れる。普段《ふだん》なら、自分から高遠へ触れることなど考えもつかないのに、この時はやはり頭が飛んでいたのだろう。

（きれいな、顔）

指先に感じる肌《はだ》はなめらかだった。シャープな造りの顔立ちは端整で、どちらかと言うまでもなく美形の部類に入るだろう。だから普段、店内をふらついていてもあれほどまでに騒《さわ》がれずにいるのは、きっと高遠本人がそう仕向けているのだと希は確信した。

気配を殺して、目立たぬよう。そして、これと認めた獲物《えもの》だけに飛び掛かるのだ、喰《く》らいつくすために。

「……俺、誰《だれ》にも言わないよ」

「ふん？」

ぽつりと、意識とは違《ちが》うところで唇《くちびる》が動く。

自分は獲物なのだろうか。好みのうるさそうな淡《あわ》い瞳のこの獣《けもの》に、食指を動かすほどのなにかがあるのだろうか。あってほしいと、どこかで願う自分を知って、やるせない思いがする。

そして自分以外にはもう、その瞳を向けないでほしいとさえ思って、なにを考えているのだと自嘲《じちょう》する。

（ばかみたい……）

今こうしている事実があってさえ、高遠が自分を欲しがっているなどと思えない。どう理由をこじつけてみたところで、口止めついでにからかっておこうという意図くらいしか、思いつきもしない。

それは、時間が経《た》つうちに膨《ふく》れ上がった怯えが思いついた言い訳であると知りつつも、ある意味では最も希の理性を哀《かな》しく惨《みじ》めに納得《なっとく》させた。

「言わないから。……もう、いいでしょう？」

だからこそあの長い腕《うで》の中に落ちてしまうことは恐《おそ》ろしく、小さな声で拒絶《きょぜつ》の言葉を吐《は》いてみる。

身体中が神経を剝《む》き出したようにぴりぴりとして、肌が痛んだ。どんなことであれ、期待に応《こた》えられない自分というものが、希には苦痛でたまらない。まして憧《あこが》れた高遠に、こんな形で対峙《たいじ》したかったわけがない。

「へえ。……で？」

和んでいた瞳はきつく眇《すが》められ、震《ふる》えはひどくなる。泣いて許しを請《こ》いたいような気分になりながらも、希は精一杯《せいいっぱい》の虚勢《きょせい》を張る。

「だっ……から、俺じゃなくても、いいんでしょ？　いっぱい、いそうだし、他《ほか》にも……」

ぐいと顔を近づけられ、あの色浅い瞳と、自らの言葉で希は追い詰《つ》められた。そして本当は、落ちてしまうことが怖《こわ》いのではないと、ぼんやり気づいてしまう。

喰らいつくされその後で、この優雅《ゆうが》な獣の目をした男がまた、他の獲物へと去る後ろ姿を見送ることこそが怖いのだと感じた。

だからこんなに、震えてしまう。怯えて、許してと言いたくなるのだ。

誰かの気まぐれに踊《おど》らされ弄《もてあそ》ばれ、その気になれば捨てられる、そんな小さな存在であることを思い知らされるのは、もう二度と嫌《いや》だったから。

「頼《たの》むから……やめようよ……」

童貞《どうてい》なのも、未熟なのも、もう知ってるじゃないか。こんなときにどうしていいのかもわからない、遊べないヤツ構ってないで、他を探せばいいじゃないか。

青ざめた頬《ほお》のままとつとつと言い募《つの》れば、いよいよ不機嫌《ふきげん》な気配をまとった高遠は面白《おもしろ》くもなさそうにため息をついた。

「いまさらびびったって？」

「……そうだよ」

挑発《ちょうはつ》の言葉には乗らず、素直《すなお》に認める。実際、先ほどから瘧《おこり》のような震えは止まらず、声も唇もわななないたままなのだ。

「おっかないもん、高遠さん」

「へえ……？」

「……怖いよ、びびってるよ、それでなにが悪いんだよっ……！」

自棄《やけ》のように叫《さけ》んだ瞬間、強引に押さえこまれ、どこか疲れたようなため息を落とされてまた、ひどく傷ついた。

「……黙《だま》って聞いてりゃぐちゃぐちゃとまあ……」

「はなっ……！」

「処女が面倒臭《めんどうくさ》いってのは、まったくだな」

「だからやめとけって……！」

もがく希をいともたやすく床《ゆか》に縫《ぬ》い止め、抑揚《よくよう》のない冷めた声が心臓を貫《つらぬ》いた。

「……好きだとでも言ってやれば満足するってのか？」

「――――！」

ひたりと当てられた瞳の冷たさに、胸が凍《こご》えた。硬直《こうちょく》し、ついで身体《からだ》の力が抜《ぬ》ける。視界が膨張《ぼうちょう》して弾《はじ》けたのは、なんのせいだろう。

痛いからだ。

どこが。

――心臓が。

あとからあとから流れ落ちる雫《しずく》を拭《ぬぐ》い取りながら、高遠は舌打ちする。

「……言いすぎたよ」

後悔《こうかい》をはらむ声も、遠くにしか聞こえない。瞬《まばた》きを忘れた瞳を手のひらで閉じさせて、唇を塞がれる。

「ふ……」

「泣くな」

唇を啄《ついば》みながら注がれる声がやさしくて痛い。口づけの、甘さが痛い。身体中のどこもかしこも痛くて、嗚咽《おえつ》が止まらないまま、希は玲二の前で流したあれ以来の痛い涙《なみだ》が頬を伝うのを感じた。

「ひっ……く」

「泣くな。悪かった」

好いてくれていないのならいっそもっと手酷《てひど》くすればいいのに、なぜこんなにも抱擁《ほうよう》が暖かいのだろう。面倒そうに吐き捨てた言葉に、わかっていたくせにどうしてこんなにも傷ついたのだろう。

あやすような高遠の瞳が困ったように見えるのは、勝手な期待を抱《いだ》くせいだ。

期待。――なんの？　誰に対して？

「希」

ぐずるばかりの自分にきっと呆《あき》れて、帰るだろうと思われた高遠は、しかし宥《なだ》めるようにこの身体を抱いている。離《はな》す気配もなく、長い腕で囲うようにしたまま、印象よりも随分《ずいぶん》と高い体温と、煙草《たばこ》の匂《にお》いの混じる淡い彼の体臭《たいしゅう》を希に教え込もうとする。

「やめ、ろよ……」

やさしくするな、と希は内心で叫んだ。どうあっても、ばかな自分は期待するから。好かれていないと知っただけでこのざまなのに、報《むく》われないと知っていてさえほんの僅《わず》かな情に縋《すが》り付こうとしてしまう。

誰かに好かれたくて、でもできなくて諦《あきら》めた。それでも内心では浅ましいほどに乾《かわ》ききり、愛情をやさしさを求めてやまないのだ。

それが鮮烈《せんれつ》な金色を見せつけた、一度で希を虜《とりこ》にした高遠であれば、なおさらのこと。

「お願い……も、やめて……っ」

これ以上惨めになりたくなかった。だから精一杯の声を出して、懇願《こんがん》してもみせたのに、高遠はその言葉を違《ちが》う意味に捉《とら》えたようだった。

「諦めな」

「なにを……！」

たった一日で、ぼろぼろに壊《こわ》された。諦めるものなど、なにも残っていない。根こそぎ気持ちをかっさらって、この上身体まで欲しいのかと、強欲な男を睨《にら》むつもりの瞳《ひとみ》は涙に溶《と》けて滲《にじ》むばかりだ。

「も……やだって、やだぁ……っ」

泣き喚《わめ》く、希はもがいた。視線だけで犯《おか》されたあの瞬間《しゅんかん》を振《ふ》り返っても、抱かれたらどうなるかなど、もうわかりきっている。

溶けてしまう。残骸《ざんがい》しか残っていない自分を掻《か》き集めて、縮こまっているそれさえも、この男は奪《うば》っていって、後にはなにも残るものがなくなってしまう。

「いや……ン……っ！」

怖いと泣き喚く唇《くちびる》を塞《ふさ》がれて、抗議《こうぎ》のために背中を叩《たた》いた。それでも、高遠の唇は嬉《うれ》しいと思ってしまうから、希はますます混乱していく。

逃《に》げたいのか、離してほしくないのか、もう自分ではわからなくて、強引にされて抗《あらが》いながら、そのくせ躊躇《ためら》いのない高遠の態度にほんの少し歪《ゆが》んだ安堵《あんど》を覚えてもいるのだ。

「——……やめない」

口の中の形状をすべて知ろうとするかのような、濃厚《のうこう》で執拗《しつよう》な口づけをほどかれると、希の息はもう上がりきっていた。それなのに、静かな声で呟《つぶや》く高遠には乱れた気配もないままで、ぐったりと身体を投げ出したまま呟いた言葉は無意識だった。

「ずるい……」

違いすぎるのだ、なにもかも。経験値の差だけではなく、希と高遠では心の裡《うち》に抱《かか》えた熱量があまりに違って、釣《つ》り合いが取れない。

「……もうぐずるな」

そしてくすりと笑う彼は、そんな希の内心さえも知っているというようにゆっくりと、衣服をくつろげていく。いっそもっと乱暴にしてくれれば抗えたのに、怯《おび》えさせないように気遣《きづか》っていると感じられるそろりとした手つきをされては、どうしていいかわからなくなる。

「まったく……」

誰《だれ》かに求められることに極端《きょくたん》に弱いのは、既《すで》に希の習い性だ。その繊細《せんさい》な音楽家の指先を、きれいな形だとずっと思っていて、触《ふ》れてくれるかもしれない期待感が希の身体を縛《しば》り付ける。

「――……子供は、だから苦手だってのに」

あげくには疲《つか》れたような吐息《といき》混じりにそんなことまで告げられて、もうどこが傷ついたのかわからないほどに痛めつけられた心臓が、止まるかと思った。

「……ひど……」

ようやくおとなしくなった希が、それでもこればかりは自分で止められない大粒《おおつぶ》の涙を零《こぼ》せば、うろたえるでもなく高遠は苦笑する。

「……そういう意味じゃないんだが」

「ふ……？」

まあいいさ、と告げるそれはどこか、諦めたような苦みを含《ふく》んでいたが、希にはその意味がわかるはずもない。そうして、なに、と見上げた視線を受けた彼が、どこか困ったような笑《え》みを浮《う》かべたその理由を、知る由《よし》もない。

「っ、や、やだ……や……！」

無言のまま乱れたシャツの隙間《すきま》に潜《もぐ》る節の長い指が、敏感《びんかん》な部分を探《さぐ》り当て、追い詰《つ》めてくる。小さな隆起《りゅうき》に指の腹が触れて、もどかしいような微妙《びみょう》な感覚が背筋を這《は》いずった。

「ン……ン……っ」

そんな場所を触《さわ》られたのははじめてで、痛いようなむず痒《がゆ》いような感覚に希は身を捩《ねじ》る。その間にも舌先の淫《みだ》らな動きに唇を侵《おか》されて、意識が朦朧《もうろう》となっていく。

「や、あ……あ！」

口先《こぐち》で拒みながら、後から後から溢《あふ》れてくる感覚の凄《すさ》まじさを堪《こら》えきれない指先は、その小さな粒《つぶ》をつまみ上げられた瞬間、離すなというかのように彼の背中に縋り付いた。

希の拙《つたな》い抱擁に、高遠は静かに笑った。際限なく痛み続ける左胸の奥は、その笑みに痺《しび》れるような感覚を訴《うった》える。

（……だめだ）

もうダメだ。逆らえない。高遠に。この男に触れてほしい、自分のあさはかな欲に。

「たかと……さん……」

震《ふる》えながらぎゅっとしがみつき、力強い腕《うで》がそれに応《こた》えれば、希の閉じられたまなじりから、最後のプライドが流れていく。

(誰か……)

俺にこの人をください。

どうなってもいいです。欲しいです。どうかこの人を俺のものにしてください。

だめならこの瞬間、世界が壊れてほしいと思う自分の願いに眩暈《めまい》がした希は、実はささやかに過ぎないそれを強欲に思った。

「高遠さん……」

「……うん？」

身のほどを知らないと、惨《みじ》めにもなり、それでも呼びかけに答えてくれた、たったそれだけでももう嬉しくて、だから。

「……痛いの、やだよ……」

切ない思いを秘して、強がりな言葉を吐《は》いた。髪《かみ》を撫《な》でる指はまるでいとおしむように甘く、いっそ残酷《ざんこく》だと希は思った。

＊　＊　＊

自室のベッドに横たえられ、器用な指は次々に、おとなしくなった希の衣服を剝《は》がしていった。そうされていてさえ、希にはどこか現実感がなかった。

高遠の目前にさらされる肌《はだ》を愛撫《あいぶ》される、その事実が信じがたいと考えていられたのは最初のうちだけで、途中《とちゅう》からは自分がどうなっているのか、なにをされているのかも、考えられない状態にされた。

肌を舐《な》められ、手のひらに肉を摑《つか》まれて、まるで粘土《ねんど》でもこねるように身体《からだ》を変えられていくようだった。

「ふー……う、うっ」

自分に乳首があることとさえも意識したことがなかったのに、そこをしつこくいじられて、くすぐったく痛いだけだった感覚が官能に変わる頃《ころ》には、希の声は戸惑《とまど》いを忘れ、ただ高遠に聞かせるためだけの甘ったるい喘《あえ》ぎを発していた。

「あ、あ、んっ！……ん……！」

清潔な肌をした男は心まで希を裸《はだか》にして、そうしてそっくりと自分の色を染《し》み付かせていくように、艶《なま》めかしく滑《すべ》る指で唇で触れてきた。

そうして衣服ばかりでなく、羞恥《しゅうち》も理性も剝がされる頃には、だらしなく開いた唇から、自分でも止められない声がほとばしる。

「ああ、ああ、あああああ……っ！」

大きく拡《ひろ》げられた、震える希の脚《あし》の間に額《ぬか》ずいた男は、ぬめる音をたてながら希の熱を舌先で弄んでいた。

「いや、いや……っ、やだよぉ……！」

それを指であやしながら、舐めてやろうかと言われた瞬間、強硬《きょうこう》に拒めばよかった。まさかのことに呆然《ぼうぜん》としている間に、ひょいと脚を抱えられて、あっと思うまもなくもっとも弱い部分を軽く嚙《か》まれて、拒絶《きょぜつ》するにもう身体がままならず、濡《ぬ》れた。

食べられてる、そう反射的に思えば余計に感じて、自分の拙《つたな》い指での、それもたまの刺激《しげき》しか知らない希にとって、あまりにもこれは強烈《きょうれつ》すぎた。

爪先《つまさき》まで行き渡《わた》った血の中に、なにか小さな棘《とげ》のようなものが含まれて、それを送り込んでくるのは高遠だ。発熱したような肌がぴりぴりと張りつめて、身体中が尖《とが》りきっていると感じられた。

「とっ……溶《と》けちゃ……っ、そん、な……なめた、ら……っ」

引きつったように喘ぎながら呂律《ろれつ》の回らない言葉を吐くと、忙《せわ》しなく上下する胸の上にも長い指は伸《の》ばされる。周囲の肉ごと摘《つま》み上げられ揉《も》まれれば、彼の指に絡《から》む自分の肌がひどく脆《もろ》いことに気づかされた。

「いっ、いっや、……ん！」

抓《つね》るようにいじられる胸はこすれて赤い。少し前まで高遠が散々にこれを吸い上げていたせいだと思えばたまらなくなって、忙しない呼吸を繰《く》り返す自分の唇を押さえた。

「ふ……っ」

唇が淋《さび》しくて、軽くかじって堪える。下肢《かし》の熱を生暖かいものに包まれ吸い上げられながら、幾度《いくど》も唇をなぞって慰《なぐさ》める。それでも淋しいと、希は無意識の淫らさで唇を舐めた。

「……っ、……もう、いいよぉ……っ」

キスして。キスしたい。ここを吸って、甘い舌をこの中に入れて、味わい尽《つ》くすように意地悪に舐められたいと、それればかりで頭がいっぱいになってくる。

「キ、ス、して……!」

ねだる言葉をはじめて紡《つむ》げば、焦《じ》らされるかと思ってばかりいた相手は身体を起こし、やわらかい口づけを施《ほどこ》してくれた。

「……ん……っ」

重なる唇《くちびる》に潮の味を感じて、それが自分の体液のせいだと気づけば一瞬《いっしゅん》顔が顰《しか》められた。それでも、生理的な嫌悪感《けんおかん》さえ吹《ふ》き飛ばすような口づけに満足気に喉声《のどごえ》を上げれば、高遠は苦笑する。

「……こっちの方が好きか」

行為《こうい》に入って以来無言だった高遠の囁《ささや》きに、激しい所作よりもよほど気持ち良さげな表情を見せたまま、希は小さく頷《うなず》いた。

「スキ……」

口にした瞬間《しゅんかん》、その言葉に切なくなるから、離《はな》れたばかりの唇を追い掛《か》ける。目を閉じた高遠は、覚えたばかりの口づけに夢中になる希を許してくれた。

「……ふぁんっ！」

その代わりと言うように長い指は濡れて震える部分を握《にぎ》りこみ、やわらかく揉みしだく。痙《けい》攣《れん》しながら反り返る首筋に食い付かれ、ぞくぞくするものを堪えながらかぶりを振《ふ》った。

「たか、と……さん……っ」

怖《お》ず怖ずとした手つきで高遠の下肢《かし》へと指を伸ばしたのは、先ほどから脚に触《ふ》れる熱を確かめたかったからだ。

「……ほんとに？」

「うん……？」

こちらからは愛撫を返すこともできないのに、感じてくれているのだろうかと不思議になれば、言葉が零れ落ちていく。

「これ……俺と……してる、から？」

なにが、と言葉なく視線で問われ、ぼんやりとしたまま希は言葉を綴《つづ》った。

「……勃《た》ってる、の……熱……」

熱いそれに触れて、竦《すく》んだ指先を堪えながら少しずつ動かせば、高遠の少し驚《おどろ》いたような表情が見れて、無意識に希は笑った。

そこには、はじめて知る他人の官能についての無邪気《むじゃき》な好奇心《こうきしん》も、あったかもしれない。

希の、そんなあどけない表情に声、確かめるような手つきに、なぜか高遠は舌打ちをする。

しかし表情は不愉快《ふゆかい》そうなものではないから、希はなんだろうと首を傾《かし》げた。

「あ……こういうの、したらだめ……？」

言葉尻《ことばじり》が甘ったれてしまうのは、朦朧《もうろう》としているからこそのことだった。意地も張らないまま、希は本来の希の年齢《ねんれい》以上に幼くやわらかな声を発して、いけないの、と高遠に問う。

「……ったく」

やはり答えず、今度は深く吐息《といき》した高遠に怖じけて手を引けば、背中をゆったりと撫でていた指がするすると滑り落ちていくのを知る。

「予想外だ」

「ふぁ？　あ、ひっ……んっ！」

ぼそりと落とされた言葉の意味を問う前に、浮《う》き上がった尻の肉を強く摑まれた。指が強く食い込む感触《かんしょく》に、じん、と痺《しび》れる自分をもう否《いな》めない。

「……あっ、あ……やっ、そ、そこ……」

つるりと合わせ目に指を忍《しの》ばされ、経験もないくせにおぼろげな知識だけはある希は、怯《おび》えに肌を竦ませる。

「そこ、する……」

「知ってはいるんだろ？」

問いではなく確認の声を発して覗《のぞ》き込んできた高遠へ、いやいやをするようにかぶりを振ると、高ぶったセックスをまた手酷《てひど》く扱《しご》かれる。

「……いあっ、や……っ、やだっやだっ」

「やだは聞かない」

あげくには、あっさりと泣き声を一蹴《いっしゅう》されて、ぴりぴりと尖って千切れそうなほど立ち上がった乳首を噛まれる。

「いた！　あは……あー……は、や、いれ……っ」

感覚をいいように振り回されて、緊張《きんちょう》と弛緩《しかん》を繰り返す身体の奥に、そうして少しずつ高遠の指は侵入《しんにゅう》してくる。なにか塗《ぬ》ってでもいるのだろうか、ぬめる感触の指は拒《こば》もうとする身体をものともせず、どんどん奥まで入り込むから恐《おそ》ろしくなった。

「き、気持ちわる……いっ」

「痛くないだろ？」

「けど……そうだけどっ……！」

異物感が凄まじく、それでも堪《こら》えようと健気《けなげ》に努めているのに、高遠ときたらそれを卑猥《ひわい》に蠢《うごめ》かすのだ。抽挿《ちゅうそう》のたびにぬめった水音は響《ひび》いて、それが体内を擦《こす》られる感覚と連動していると気づけば脳が煮《に》えそうだ。

「……力、もっと抜《ぬ》け」

「い、や、……そんなのっ……できな……！」

生クリームを掻《か》き混ぜるような音のするそれは、この行為がただ感覚に漂《ただよ》っていればいいものではない、生々しさに満ちたものだということを希に思い出させた。

「や、やっだっ、ぬるぬるって、す……ああっ！」

泣きそうに歪《ゆが》んだ目元に誤魔化《ごまか》すような唇が触れる。その間にも指の抜き差しは繰り返され、知らず希の息は上がっていく。

(なにこれ……なにこれ……っ)

指が増えて、圧迫感《あっぱくかん》が増す。ある一点を擦られると、尋常《じんじょう》でない衝撃《しょうげき》が通り抜けるのも知った。そして、否応《いやおう》無しに膨《ふく》れ上がる恐怖感《きょうふかん》とは裏腹に、自分のそこがやわらかく拡《ひろ》げられ、とろとろと甘く溶けていくから惑乱《わくらん》はひどくなる。

「……っ、こ、コレ……いれる?」

身を強《こわ》ばらせて硬直《こうちょく》し、手を触れるばかりになっていた高遠の熱から怯えきって指を離すと、複雑そうな表情の希に笑って答えず、高遠はきつく抱《だ》き締《し》め口づけてくる。

そして甘い舌にあやされ気の緩《ゆる》んだ希の身体《からだ》から、ふっと力が抜けた瞬間耳元で、ごく小さな声がした。

「……いきなりじゃ無理だからな、今日のところは」

「え……? な、なに……」

聞き取れなかった希にも、なにか物騒《ぶっそう》なことが囁かれたのはわかった。しかしそして増やした指を拡げるようにしながら、内壁《ないへき》のある部分を指の腹で掻かれて、疑問さえも霧散《むさん》する。

「あぅッ!」

急な刺激《しげき》にがくん、とのけぞり目を閉じれば、そのまま指は引き抜かれた。その感触に震《ふる》えた希の脚《あし》を抱《かか》えなおし、両膝《りょうひざ》をまとめて縛《いまし》められる。

「なに……なにするん……！」

子供がおむつを替《か》えられるような体勢を恥《は》じてもがけば、我慢《がまん》しろよと高遠は言った。

「約束どおり痛くはしないけど、俺もそうそう我慢してられないから」

「だからなに……⁉」

予測のつかない事態に怯える唇を塞いで、ゆっくりと高遠が身体を倒《たお》してくる。

「あ、え……？」

閉じられたやわらかな太腿《ふともも》の間を、ひどく熱いものが割り入ってくる。しかしそれは、先ほどさんざん指でいじられた場所ではなかった。

（なにこれっ……⁉）

なめらかな腿になにかを挟《はさ》まれ、愕然《がくぜん》と目を見開いた希に、はじめてばつの悪そうな顔をした男は言った。

「……ちょっとだけ堪えてくれ」

「堪えろって……だって……っ」

ひくひくと、なにか生き物のようなものが脚の間で脈打っている。濡《ぬ》れた卑猥な感触とその形状に、挟み込んだものが高遠の性器であると気づいた瞬間、顔が痛いほどに血が上る。

「や……だ……っ」

もうどうしていいのか解《わか》らなかった。指で触れたあの、怖いような大人の形が今、希の脚の肉をたわませている。あげく、それに重ね合わされるように希自身の性器もそのごく近くでひくひくと震えていて、なにもかもを知られる感触に眩暈《めまい》がした。

「は……ずかし、よ……っ」

いっそ痛むほど犯《おか》されるならば堪えてみせるのに、こんな。

こんな、恥ずかしい、居たたまれない。

「いっ……やだ、やだってっ！」

「——……くっ」

捕《と》らえられた脚を捩《ねじ》って抵抗《ていこう》すると、思わず、といった声が高遠の唇《くちびる》から漏《も》れる。少しくぐもって切なげなそれに、希は耳まで赤く染まる。

今までさんざんに感覚を弄《もてあそ》ばれてついていくのが精一杯《せいいっぱい》で、高遠自身がどういう状況《じょうきょう》であるのかなど思いも寄らなかった。第一、あの日女の身体を思うままに扱《あつか》っている様子からも、彼の乱れた表情など想像もできなかったのに。

(なんで、そんな顔、すんの……っ)

シャープでなめらかな頰《ほお》は気づけば汗《あせ》ばんで、長い髪《かみ》を一筋まといつかせている。かすかに顰《ひそ》められた形よい眉《まゆ》は苦しげで、至近距離《きょり》に見た長い睫毛《まつげ》の影《かげ》が濃《こ》い。

そしてなにより、あの金色の蜜《みつ》を溶《と》かしたような瞳《ひとみ》が、潤《うる》んで熱い。

「……暴れるな。締まって……やばい」

「な、なん……っ」

そんなどうしようもないことを言わないでほしい。かすれて色っぽい声で囁《ささや》かれれば、赤くなったまま目が回る。声が震えて、そんなことを言わないでと思いながらも、希の瞳も濡れていく。

「やだ……エッチ……っ」

「……おまえ、今さら」

泣きそうになりながらそれだけ言えば、ふんと鼻で笑われた。馬鹿《ばか》にされたようでむっとすれば、その隙《すき》をついて高遠は動きはじめる。

「ひやっ⁉……やった、やだぁ……っ」

彼のそれと自分の高ぶったものが擦《こす》れ合い、希もまた甘く呻《うめ》いたけれども、こんなふうに感じたくはなかったと思う。

「ああん……ああ、あああんっ」

「……どっちがエッチだ、そんな声出して」

それなのに、いやらしく腰《こし》を動かしながら笑われて、ひどく情けない気分になる。泣きたいような気持ちで揺《ゆ》さぶられながら、それでも堪えきれない情動はせり上がる。

「あっ、あっう、……ああっ！」

無意識のまま脚をきつく閉じながら、高遠にあわせて腰を振《ふ》っていた。嫌《いや》だ、と泣いているのに、感じている自分が許せない。

「もうやだ……っ、痛いほうが、まし……っ」

「しょうがないだろ」

涙《なみだ》を舌で拭《ぬぐ》いながらの高遠の声にも余裕《よゆう》がない気がするけれど、実際にどうなのかなんて希にはわからない。身体の痛みがなんだというのだろう。ぐちゃぐちゃに犯された心ほどにも、きっとつらくはないのに。

（……こんなの、やだ……）

女にされてしまうのかと、怯《おび》えてもいた。けれど実際、こんな代替《だいが》えのような行為《こうい》をされれば高遠の熱を包んでやることさえ許されない自分が、ひどく惨《みじ》めだった。

「……入れてよぉ……」

泣きながらついに口にした願いは、しかしあっさりと却下《きゃっか》される。

「無理だ」

その瞬間《しゅんかん》、高ぶっていた身体の熱が一気に引くような気分にさせられた。

（無理……？）

それは、確かに女でもない上にはじめてで、本来的には無理な話かもしれないけれど。

「そ、……ひど……っ」

試してもくれないとなじる瞳で見上げれば、今度はふいと逸《そ》らされる。視線さえ合わせてくれない高遠がどういうつもりでこんなことをするのか、まるで解らない。

けれど、嫌だと言うのを強引に押さえ込んで、指まで使ったくせにと恨《うら》みがましい気分になった。

「ふ、……うぇ……っ、え……っく」

しかしそれとも、確かめて、やはり無理だとそういうことなのだろうかと思えば、それももっともなような気がしてくるから、希はただ泣くしかできない。

「……怪我《けが》するぞ」

そうしていつまでもぐずる希に手を焼いたのか、窘《たしな》めるような声で告げた高遠の苦い視線を、しかし泣きじゃくる希は見逃《みのが》す。

やっぱりそうじゃないか。この人も、俺なんかいらないじゃないか。そんな風に自分の中の誰《だれ》かが嘲笑《あざわら》うのを、鈍《にぶ》く重くなった胸の中で聞いていた。

（わかってたけど……！）

わかっていたくせに哀《かな》しくなる自分の馬鹿馬鹿しさにまた泣けてくるから、嗚咽《おえつ》は長く、止まらなかった。

「痛いのはいやなんだろう」

「こんっ、……こんなん、より、ましだよぉっ！」

八つ当たりだと知りながらも、もう感情の持って行き場がなくて、握《にぎ》ったこぶしで肩《かた》を叩《たた》けば苦々しく吐《は》き捨てられてしまう。

「ほんとに、面倒臭《めんどうくさ》いなおまえは……」

「ひ……っ、……ん……！」

少しきつい声に傷ついて、嚙《か》み締《し》められた唇を、それでも吸い上げる高遠の仕草に冷たさが見えない。もうなにも解らなくて、ただその広い肩に縋《すが》り付けば、やわらかく腰を抱《だ》きながら震える脚を撫《な》でられた。宥めるようなその仕草に、どうしてと希は思う。

擁《よう》の甘さが嚙み合わない。

もっと強引に奪《うば》われたなら、欲望だけの衝動《しょうどう》だと割り切れもするのに、素っ気ない言葉と抱《ほう》
(なに、考えてるの……?)

(なんで……しないの)

疼《うず》く腰の中心は、けれどもう限界を知らしめる。もう黙《だま》れというように唇を塞《ふさ》がれたまま
身体《からだ》を揺らされ、涙の高揚《こうよう》が官能の熱に変化する。

「はっ、い、や、いやっ、……や!」

擦れあうぬめった感触《かんしょく》が、希の神経を溶かしていく。高遠が腰を揺らすたびに水音はひどく
なって、それがふたり分の体液のせいだと知ればなお羞恥《しゅうち》が高まった。

「だ、め……出ちゃうっ……出ちゃうよ……!」

「……出せばいいだろ」

「そ、んなのだ、……だめ、……だめっだめっ……!」

高遠さんが汚《よご》れちゃう。

呟《つぶや》いた言葉は無意識で、しかしその切ない声になぜか、高遠は苦笑した。

「……逆だろ」

「う?……えっ、あ……!」

もう告げられた言葉も聞き取れないほど鼓動《こどう》が耳を打ち、断続的に跳《は》ねる身体に高遠の指が
食い込む。切なく疼く左胸を摘《つま》み上げられ、強引に導かれた頂点へと駆《か》け上った。

「ふぁ……あああ……！」

大きく震《ふる》えた瞬間、熱の塊《かたまり》が身体から弾《はじ》けていく。今までにも知らないような到達《とうたつ》の凄《すさ》まじさに引きずられ、一瞬《いっしゅん》希は意識を飛ばした。

「……は……」

少し間があって終わったらしい高遠も、汗に濡《ぬ》れた肩で大きく息をつく。彼の長い指で、綴《と》じ合わせるようきつく縛《いまし》められていた膝《ひざ》を解放されても、強ばったように震えてうまく解けない。

虚脱感《きょだつかん》と疲労《ひろう》に負けてぼんやりと天井《てんじょう》を見上げる希の腹部には、放たれたふたり分の体液が凝《こ》っている。

「……希？」

がちがちになった脚《あし》を解すように伸ばしてくれても、希は身じろぎひとつできなかった。

身体の高揚が去ると、ただ居たたまれない気分だけが残る。

（……疲《つか》れた）

散々泣いて腫《は》れぼったい目蓋《まぶた》を閉じる。冷たい指が頬《ほお》を撫でる感触に、のろのろと首を振った。残酷《ざんこく》で、なのにやさしい指が濡れた身体を始末しようとするのを、もう億劫《おっくう》でたまらない口を開いて拒《こば》む。

「……そんなのしないで、い……」

してもらえなかった。高遠は結局、未熟な希の身体を使うこともなく、こんな誤魔化《ごまか》すような行為で終わらされた。

壊《こわ》されるなら、最後まで壊してほしかったのに、半端《はんぱ》に残されたから結局、自己主張ばかり強い心が痛んでいる。

「惨めになるから……もういい……」

そうして、まだ赤みの残る濡れた唇《くちびる》から発せられたのは、絶望しきったような恐《おそ》ろしく疲れた声だった。端整《たんせい》な指先がぴくりと強ばるのを知ったけれども、希はもうなにも考えたくはない。

「のぞ……」

返事を待つことはなく、希は眠《ねむ》りという名の逃避《とうひ》に入る。

頭上に落ちるため息の意味を、考える余裕など、希にはもう残っていなかった。

裸《はだか》の肩に暖かい感触が被《かぶ》せられ、夢現《ゆめうつつ》の中で自分の身体が冷えきっていたことを知る。

同じほどに冷えた頬に添《そ》えられた手のひらが伝える感触に、小さな安堵《あんど》の吐息《といき》を漏《も》らした。

「……まずった、な」

笑《え》みを含《ふく》んだ吐息混じりの声が髪《かみ》を撫でて、唇の上を、硬《かた》い感触がかすめていく。

「――……まあ、取りあえず、覚悟《かくご》しといてくれ……」

そして不意に離《はな》れていく体温に急激な寒さを知って、けれど臆病《おくびょう》になってしまった心は、それを引き止めることさえもできないまま、たゆたうような眠りの中にいた。

＊　＊　＊

翌朝目を覚ますと、高遠は既《すで》にいなかった。

わかっていたこととはいえ、やはり落胆《らくたん》する自分を否《いな》めないままシーツの上で丸くなれば、素肌《すはだ》のままでいることにもまたいたたまれなくなる。

あのまま眠ってしまったせいで、なんだか自分の汗《あせ》の匂《にお》いに高遠のそれが混じっているような気がして、希はシャワーを浴びるために重い腰《こし》をあげた。

記憶《きおく》を洗い流すように念入りに身体を洗いながら、なんだか身体のあちこちがひりつくのに気づく。泡《あわ》を流してちくちくするような二《に》の腕《うで》の内側にうっかり目をやり、そこに鬱血《うっけつ》した小さな痕《あと》を認めれば、翻弄《ほんろう》された記憶が蘇《よみがえ》った。

「……う、わ」

赤面しつつまさかと視線を落とせば、膨《ふく》らみのない胸の上、薄赤《うすあか》い小さな突起《とっき》の周囲にも、どきりとするような数の痣《あざ》が残っている。

高遠の生々しい痕跡《こんせき》が、まるで忘れるなと言っているかのように希の身体中に散らばって、まさかとおそるおそる確かめた下肢《かし》の、きわどい箇所《かしょ》にもそれは残されていた。

指の痕と、口づけの痕。これは歯が当たったときの傷。身体中に刻み込まれたようなそれらをぼんやり眺《なが》めていると、また涙《なみだ》が出てきた。

「な……で、こんなの……っ」

残していくんだ、と恨みがましく呟いて、唇を嚙む。そうして、そんな自分の仕草にもあの男の残した口づけの感触を思い出してしまうから、どうしようもない。

（もう、やだ……）

もう、あのバイトはやめようと希は思った。

こんなことになってしまって、あの店で高遠に会ってどんな顔をすればいいのか本当にわからない。それ以上に、こんなに恥《は》ずかしい思いをした後に、平然としたままで誰《だれ》かに会うなどと想像もつかない。

数日は玲二も義一も留守だというから、今日あの店の責任者は青木サブマネージャーがいるだけだ。だから取りあえず、しばらく休むと電話だけして後は、玲二が帰ってきたら正式にやめさせて貰《もら》おう。

鼻を啜《すす》り、うっかりすれば思い出してしまう男のことをなんとか意識から追いやりながら、希はあまりよく回らない頭でそれだけをどうにか考えた。

しかし、物事とはそうそう思うとおりには運ぶわけもない。

昼を回るまで待ち、事務当番の面子《メンツ》が出勤する頃《ころ》に連絡《れんらく》を入れれば、電話を取ったのは塚本だった。

「あ、あのね、俺……」

年の近い彼ならば「休みたい」の一言も言いやすいとほっとした希は、しかし肝心《かんじん》のことを言い出す前に、突然《とつぜん》泣きつかれてしまう。

『よかったあ！　なあ希、頼《たの》む！　なーんにも言わずに、今日とにかく、フルで入ってくんない⁉』

「え、いやあの……」

『手ェ足りないんだ、まじで！　連絡くれてよかったよ、他全然《ほか》だめでさあ』

「え？　ちょっ、おいっ」

喚き立てた塚本は、頼むから今からすぐ来てくれと、こちらの言い分を聞きもしないで電話を切ってしまった。おそらく断られるのを拒むためだろうけれども、希はただ通話の切れた電話を眺めて困惑《こんわく》する。

「参ったなあ……」

それでも、ここで放り出すにはあまりに塚本の声は哀《あわ》れだった。急な欠員でも出たのかなと首を傾《かし》げ、希はどうしようとしばらく迷った。

今日は通常営業で、普段《ふだん》でさえオーダーを取る人の手が足りないほど大変なのも知っている。ライブのある日も準備は忙《いそが》しいが、その間の接客は実際には減る分、楽ではあるのだ。

「……最後、だし」

取りあえず、ライブがないということは今日は高遠もいないはずだ。昨日見た予定表を思い出し、希は「サンドイッチの借りだ」と呟きながら、出かけることにした。

「うわああっ、希サンキューッ」

「わっ」

そうして、学校へ行くよりよほど慣れた道のりを辿《たど》って店にたどり着けば、入り口でいきなり塚本の手厚い歓迎《かんげい》を受けて、希はさらに眉根《まゆね》を寄せる。

「……なにがどうなってんの？」

「通常日なのに、鈴木のバカまた休みやがったんだよ、おまけに青木さんも子供さん入院したとかっつって来ないし、正社の増田《ますだ》さんまで病欠で、これじゃ店ン中どーにもなんねえのよっ」

「やっぱし……」

もう助けて、と半ばパニック状態で抱《だ》きつかれて泣き真似《まね》までされては、吐息しながらやると言うしかないだろう。おまけになんだか、予想以上の状況《じようきよう》らしい。

「でもさあ、それじゃ責任者いないじゃないか、よく開店できたね」

重なる時は重なるものだと、そのイレギュラーの連絡すべてを受ける羽目になった塚本の背中を宥《なだ》めるように叩《たた》いてやれば、希の疑問に答えたのは別の声だった。

「取りあえず、今日明日は俺が代理だ」

その低い、抑揚《よくよう》のない声に希は凍《こお》りつく。

「……塚本、無駄口《むだぐち》利いてないで掃除《そうじ》」

「うわっ、はい！」

おまけに、希より僅《わず》かに背の高い塚本の襟首《えりくび》を、猫《ねこ》の子でも掴《つか》むように引き剝《は》がした腕の持ち主が信じられず呆然《ぼうぜん》と固まっていれば、珍《めずら》しく制服を着た高遠はどこか不機嫌《ふきげん》に鼻を鳴らした。

「希も早く、入れ」

「……俺」

蒼白《そうはく》になって後じさり、帰りますと言いかけた腕を強引に取られる。びくり、と過剰《かじよう》に跳《は》ねた薄《うす》い肩《かた》に、高遠は鼻白んだような顔をした。

「なにびくついてる」

「べっ……別に」

かたかたと震《ふる》えながら、自分の顔が泣きそうに歪《ゆが》み、じんわりと赤らんでいくのがわかる。

（なんで……っ）

いるはずもないと思ったから来たのだ。こんなことならば絶対に、塚本の頼みを聞きはしなかったのにと唇《くちびる》を噛《か》めば、ふっと頭ひとつ高い位置から困ったような吐息が落とされる。

「……別に、なにもしねえよ」

そうして、白けたような声と一緒《いっしょ》に腕を離されれば、また勝手に傷ついた。頬《ほお》が熱くなり目元が滲《にじ》んで、そんなこと、と希は呟《つぶや》く。

「わかってます……っ」

その悲壮《ひそう》な声に、しかし高遠は首を傾げた。リアクションの意味もよくわからないながら、とにかくこの場から、高遠の前から消えようとした希の腕を、再度彼は摑んでくる。

「おい、ちょっと」

「離《はな》して下さいっ」

それを振《ふ》り切って、必死に階段を駆《か》け下りる。制止の声を、高遠が吐《は》いたような気もしたけれど、なにも聞こえないと耳を塞《ふさ》いだ。

（も、やだ……）

あんな風に夜を共にして、それでも平然としたままの高遠の表情を知るのは怖《こわ》かった。ましてわざわざ、「なにもしない」などと念押《ねんお》しされて、自意識過剰と笑われたような気分がした。

捕《と》らわれた腕が熱くて、視線が痛い。もう覚えてしまった体温を欲して、身体《からだ》が渇《かわ》くような感覚に希は泣きそうになる。

「ご、ごめんな希……なんか怒《おこ》られた？　俺、無理に呼び出したから……」

「うん、いや、平気」

それでも、控《ひか》え室《しつ》に入るなりおろおろと声をかけてきた塚本には、大丈夫《だいじょうぶ》だと薄く笑ってみせるしかない。

「すぐ、手伝うから」

だが、薄く涙《なみだ》の滲んだ瞳《ひとみ》で切なげに浮《う》かべた微笑が、どこかしら希を儚《はかな》げに見せる。

「あ、ああ……うん、よろしく」

そんな笑《え》みを至近距離《きより》で向けられた塚本が、我知らず赤面して息を飲んだことに、希は気づくことはなかった。ましてその一瞬《いっしゅん》、疲《つか》れたような色の刷かれた頬に、昨日まではなかった凄《せい》絶《ぜつ》な艶《つや》が浮かんでいることなど、自覚する由《よし》もない。

「なんか……あったの？」

だから、少し声をひそめた問いにひきつりそうな顔を堪《こら》え、どうして、と問い返す。淡々《たんたん》と、無《ぶ》愛想《あいそ》に。いつもの希のように。

「なんで？　なんか俺、変？」

とぼけたふりだけは上手くなったこのひと月、希のポーカーフェイスを見破れた者はない。

普段通りの表情を作れたようで、塚本もどこか、ほっとしたように瞬《まばた》きをした。

「や、なにもないならいいけど……怒られたりして、ないんだよな？」

「うん、ないよ？」

変なこと訊《き》いてごめんと少し気まずそうに笑った塚本は、そして追及《ついきゅう》をやめてくれた。そして彼が背を向けた瞬間《しゅんかん》に零《こぼ》れた希の安堵《あんど》の吐息《といき》も、誰に聞かれることもないまま消えていく。

小刻みに震える細い指先が、もう今にも破れそうな心に誰も触《ふ》れないでと、必死に拳《こぶし》を形作っていた。


その日、希は高遠を徹底的《てってい》に避《さ》けた。あちらも急遽《きゅうきょ》任された店長代理ということで忙しく、おまけにこんな日に限って客足が多い。意図せずとも会話をする暇《ひま》などなく、目まぐるしく駆け回るうちに時間はどんどん過ぎていく。

「希、休憩《きゅうけい》」

「いいよ、塚本休めば？」

そうこうするうちに交代の時間になり、やや疲労《ひろう》の色の濃《こ》い塚本に声をかけられたが、手を離せる状態ではなかった。それでも、普段温厚な彼には珍しく、強引に休むように告げられる。

「そうはいかねえだろ。希、フルで入ったことないからわかんないだろうけど、まじキッツイんだから。この状態で朝までだぜ？」

途中《とちゅう》で倒《たお》れるぞと怒られれば、仕方ない。実際、早番オンリーの希は四時間以上の連続出勤をしたことがないのだ。

「じゃあ、そうする……」

よろしくと、運びかけのトレイをそのまま渡《わた》せば、こっちこそ悪いと塚本が苦笑した。

「よりによってベテランだの上の人少ない時だからなあ。高遠さんもなるべく早じまいにするって言ってたから」

そう告げる塚本自身、この店では希より半年ほど先輩《せんぱい》なだけだ。それでも空いた穴を埋《う》めるべく、彼も今日はずいぶん頑張《がんば》っている。

「じゃ、俺の後休みなね」

「おっけー」

笑い合って別れ、厨房《ちゅうぼう》から控え室に戻《もど》るためにフロアを横切ろうとした希は、しかし従業員用のスペースに足を踏《ふ》み入れた途端《とたん》に背後から腕《うで》を引かれた。

「……………えっ？」

「ちょっと、来い」

そこには、苛立《いらだ》ったような表情の高遠が立っていて、瞬時《しゅんじ》に萎縮《いしゅく》した肩先《かたさき》は拒絶《きょぜつ》を表している。

「………離して下さい」

「だから話すんだろう」

「そっちじゃな……ちょっとっ」

わざと取り違《ちが》えた言葉で、その怯《おび》えさえも無視した高遠の強い腕に引っ張られ、希は裏口まで連れて行かれた。

「あ、ちょっと高遠さん、希休憩……」

「急用だ」

見かけた塚本が声をかけたけれども、一言で切って捨てられては制止にもなりはしない。

客用の地下階段とは反対にある非常階段入り口を開け、高遠は長い脚で早い歩みを進めた。引きずるようにされながら地上へのそれを上らされ、制服のまま引きずり出された外は肌寒《はださむ》い。

「……なにか、ご用ですか」

「さっきのあれは、どういう意味だ」

捕らわれていた腕を振り解《ほど》き、剣呑《けんのん》に問いかけた希に、高遠もまたきつい声で告げる。

「さっきのって、なんですか」

意味がわかりませんと、無表情に告げた希はしかし、高遠の顔を見ることもできずに俯《うつむ》いたままだ。

「これから休憩なんで、話あるなら、早く済ませて下さい」

「……なにを怒ってる」

怒ってなんか、と小さく呟き、ますます希は下を向いた。

「怒ってなんか……いません」

ただ、惨《みじ》めで哀《かな》しいだけで、それを気取られるのが嫌《いや》なのだ。希の華奢《きゃしゃ》な指先は、寒さのせいばかりでもなく小刻みに震えたまま、硬《かた》く握《にぎ》り合わされる。

「その態度のどこが怒ってないんだよ」

「……っ、やっ」

いらいらとした高遠の声に怯えつつ、唇《くちびる》を噛《か》んで俯く希の頬《ほお》に、長い指は伸《の》ばされた。反射的に叩《たた》き落とせば、手を弾《はじ》かれた高遠も、そうしてしまった希自身もはっと目を瞠《みは》って驚《おどろ》く。

「おい……？」

「っあ、……すい、ませ……っ」

ここまで強く拒絶するとは自分でも思っていなかっただけに、希は青ざめた。けれど困惑《こんわく》したように黙《だま》り込む高遠に、これ以上対峙《たいじ》していることはできず、頑《かたく》なに顔を背ける。

「とにかく……怒っても、ないです。態度悪かったら、謝ります」

「そうじゃなく……」

そのまますり抜《ぬ》けようとして、今度は肩《かた》を摑《つか》まれた。触れられた場所から火傷《やけど》しそうな気がして、それでももう振り払《はら》うこともできずに竦《すく》み上がる。

「ちょっと、こっち向け」

あげく、涙目を見られたくなくて俯いていたのに、そのまま強引に顎《あご》を上げさせられ、希は咄嗟《とっさ》に目を瞑《つぶ》った。肩を抱《だ》かれて、頬に触れられて、痺《しび》れたように肌《はだ》が痛い。

（覚えてる……）

長い指の形と、その強さ。触れてくる感触《かんしょく》の、ざらついた硬さも、シャツ越《ご》しにさえ生々しく蘇《よみがえ》る。

忘れられるわけがない。高遠には気まぐれの、一度きりの悪戯《いたずら》でも、希にとってはただ一度の、そしてはじめてのセックスだった。奥底に押し込め、拒絶していた官能を引きずり出された自分の身体《からだ》が、もう昨日までとはまるで違う気さえする。

いやらしい自分を強引に解放させられて、それが誰《だれ》かに知られるのではないかと思えば、今日だって本当はもう、身体中が破裂《はれつ》しそうだった。先ほどの塚本の問いかけが、そんな意図を孕《はら》んでいないとは知っていても、過敏《かびん》になった神経には震《ふる》えが来るほどに恐《おそ》ろしかった。

意味もなく怯え続け、神経がもう焼き切れそうなのだ。ただでさえそんな状態なのに、同じ空間にいる高遠を普通《ふつう》のふりでやり過ごすのはつらすぎた。彼は結局昨日までと変わらず淡々としていて、自分ひとりがこんなにも、びくびくして。

「……おまえ、どうしたんだ？」

「――――…別、に……」

ほら、高遠には希の混乱などわからないのだ。本当に不公平だと思う。そして、それで当たり前だとも、知っている。それを不当となじる権利は、希にはない。

「こ、ここで、こんなことしてると誰か、見られるから……」

爆発《ばくはつ》しそうな感情を堪えるあまり、震えきった声で告げれば、高遠の気配はますます困惑を帯びる。

「おい……？」

「……ちゃんと、誰にも言わないから……っ」

だから離《はな》して、と身を捩《ねじ》るのに、高遠はますます腕を強くする。

「ちょっと待て、おまえ——……」

しかし、何事かを言いかけた高遠の言葉を、階段下からの塚本の声が遮《さえぎ》ってしまう。

「——…すいませーん、高遠さん、ちょっと……」

「今取り込み中だ！」

しかしそれを一蹴《いっしゅう》して、通りのいい声で怒鳴《どな》ればその剣幕《けんまく》に、階下からはなんの返答もなかった。苛立った横顔が舌打ちをして、さらに身を竦めた希がその隙《すき》をついて逃《に》げようとすれば、逆に強引に引きずられて、裏口の壁《かべ》に押しつけられる。

「いたっ……！」

「希、おまえそれ、どういう意味だ」

やめてと、泣き出しそうな声で抗議《こうぎ》したのに聞いても貰《もら》えず、両肩を摑まれたまま覗《のぞ》き込んでくる高遠は、怒《おこ》ったような顔をしている。なんで、と希は混乱し、赤くなった目を凝《こ》らしてその端整《たんせい》な顔を見つめてしまった。

「なんで、怒るの……？」

「え……？」

もう虚勢《きょせい》も張れないままの幼く弱い声に、きつい視線が驚いたように揺《ゆ》れる。しかしそれのできない。

意味を確かめるには、希の瞳《ひとみ》は潤《うる》み過ぎていた。

「言わないって、言ったし……誰にも……玲ちゃんにも、店長にも」

言葉遣《ことばづか》いさえもあどけなくなり、今まで店の中で無意識に演じた冷静さも、そして昨晩《ゆうべ》高遠の腕の中でさえ、どうにか保っていた強気さも、疲《つか》れてしまった希にはもう、取り繕《つくろ》うことができない。

（もう、わかんない……）

もうずっとずっと、身構えて緊張《きんちょう》していたのだ。心の準備をする暇《ひま》も与《あた》えず、どんどん振《ふ》り回す高遠相手に、張りつめて疲れ切ってしまった神経はぷつりと切れてしまう。

「だまってるって、ゆった、のに……あんなこと、して……」

どう意地を張ったところで、好意を持つ相手にすげなくされるのは怖《こわ》い。それくらいなら、いっそ視界に入らない場所へ逃げたいと思うのに、いっそ怖いような顔で詰《つ》め寄ってこられてはますますどうしていいのかわからないじゃないか。

元より傷ついていた繊細《せんさい》な希の心にはもうとうに、限界がきているのだ。そこに昨晩の刺激《しげき》的に過ぎる行為《こうい》では、とっくにキャパシティの臨界点を超《こ》えてしまった。

「なのに、なんでおこる、の……っ」

そうして、玲二の前にだけ見せていた本当の素顔《すがお》を隠《かく》しきれずに晒《さら》せば、そこにはただ脆《もろ》い、実年齢《じつねんれい》よりも幼いほどの情緒《じょうちょ》の少年がいるだけだ。

「お、い……？」

ひく、と情けなく喉《のど》が鳴って、堪《こら》えきれず瞬《またた》けば、膨張《ぼうちょう》しきった雫《しずく》が零《こぼ》れる。

「おこらないで……」

怖い、と震えながら薄《うす》い肩を縮めれば、頭上からはため息が落ちてくる。それが呆《あき》れたように聞こえてさらに小さく固まっていれば、なにか暖かいものに包まれた。

「……怒ってない」

長い腕《うで》に抱き取られているのだと気づいたのは、もう大分経《た》った頃《ころ》に小さく囁《ささや》かれてからで、それまでの沈黙《ちんもく》の間、希は心臓が止まったような気がした。

「悪かった、……ここまでとは思ってなかった」

「なに、が……？」

ただ、自分を包み込めるほどに広い胸に、泣き濡《ぬ》れた顔を押しあてられ、背中と髪《かみ》を宥《なだ》めるように撫《な》でられていることはわかる。

「いいからもう、泣くな」

それもひどく、不器用な手つきだ。まるで、抱き慣れない赤《あか》ん坊《ぼう》でもあやすかのような指に、自分がその幼子そのものの瞳をしていると知らない希は、泣き濡れたままきょとんと高遠を見上げてしまう。

「たちが悪い……」

「え？」

そう言ってまた吐息《といき》した彼にそっと抱擁《ほうよう》をほどかれ、自分で拒《こば》んだくせに、体温が離れるの

は寂《さび》しいと思う。

その、いっそ無垢《むく》な視線に困り果てたように目を逸《そ》らしたのは、今度は高遠の方だった。

「……まあ、もう、いいか」

そして、しばしの逡巡《しゅんじゅん》の後、今度は既《すで》に見慣れたあの、危険な瞳で笑いかけてくる。嫌な予感に後じさった希の反応は、少しばかり惚《ぼ》けていたせいで遅《おそ》かった。

「や、な、……！」

先ほど、涙《なみだ》をあやした不器用な手とは思えない、慣れた仕草で肩を抱かれ、不意打ちに奪《うば》われた唇が熱い。上下の唇を片方ずつ順に嚙まれて、それでも舌は絡《から》めないまま離れたけれども、充分《じゅうぶん》に淫《みだ》らな匂《にお》いのする口づけだった。

「なに、する……」

「もう戻《もど》って、休め」

そうして、また希を混乱させた男はそっけなく告げ、離れていく。

（また、遊ばれた……？）

しかし、呆然《ぼうぜん》とその背を見やった希が物憂《ものう》げに顔を歪《ゆが》める直前、高遠は思いも寄らないことを言った。

「それと、上がりの時間になったら、待ってろ」

「え……？」

「送っていく。メシ食わせてやるから」

「は⁉」

会話の展開にまったくついていけない希は、ただその意外さに目を瞠《みは》るだけだ。しかし、いつまでも動こうとしない希に焦《じ》れたように振り返った高遠が、ついてこいと顎《あご》をしゃくるので、慌《あわ》てて小走りに後を追う。

（なにが、どうなってんの……？）

ますますわけがわからなくなった、と小首を傾《かし》げた希は、見上げる先の端整な顔立ちが、今までよりも怖くないことにふと気づいた。

（なんでだろう……）

ざわざわと落ちつかない気分で、しかしそれは先ほどまでの、あの底の見えない深い場所へ落ちるような虚無感《きよむかん》を伴《ともな》うものではない。

「おい、急げ」

「はい……」

言葉は乱暴で、態度も偉《えら》そうで、そんなところは少しも変わらないと思う。歩調を合わせてはくれないで、どんどんと先を行くけれども、遅《おく》れたことに気づけばそこで、高遠は待っていてくれる。

そうして、振り向いた一瞬《いっしゅん》の表情は、暗い非常階段の上からは見ることは叶《かな》わなかった。

それでも、その顔に浮《う》かぶ笑《え》みが酷薄《こくはく》なものでないことだけは、なぜか希にはわかっていた。

＊　＊　＊

「……唇《くちびる》、荒《あ》れてるの？」

「えっ？」

自宅の居間でクッションを抱《かか》え、ぼんやりと希が考え込んでいれば、久しぶりに家に戻ってきている玲二が明太子にパスタを絡めながら問いかけてくる。

「さっきからずっと触《さわ》ってるから。痛いなら触るのよしなね。皮剝《む》けると、今日のちょっと辛《から》いから、沁《し》みるよ」

「あ、あ、うん……」

メンタムでも塗《ぬ》りなさいと、ガスレンジ横の引き出しからリップを放って寄越《よこ》す叔父《おじ》は、味の仕上げに入ったためにその指摘《してき》に赤面した希の顔を見ることはなかった。

「なに、もうできるよ？」

「あ、あの、トイレ……」

「冷めるから早くね」

無意識の行動を他人によって教えられるのは、ただでさえあまり、ばつのいいものではない。おまけに、その行為がどれほど恥《は》ずかしいものか自覚している希は、洗面所に逃《に》げ込むより他《ほか》なかった。そしてむろん、希の唇は荒れているわけでもないのだ。

また、高遠にキスをされてしまった。

洗面台に据《す》え付けの鏡には、赤面した自分の顔の中でも一際《ひときわ》赤いような唇が目立って見える。数時間前、こっそりと隠れた控《ひか》え室《しつ》の中でしつこいくらいに噛《か》まれたそこが、まだ痺《しび》れて腫《は》れているような気がする。

「……もう」

何回ここに噛みつかれたのかわからないと、以前よりもどこか艶《なま》めかしい色を帯びた気のする唇をなぞれば、高遠の息遣《いきづか》いさえも思い出してしまいそうだ。

というよりも、忘れる暇もないとも言える。あの、はじめて唇を奪われた日から実のところ、高遠がこの場所に触《ふ》れない日がないのだ。

「のーぞーむー。冷めるってば」

「はあいっ」

さすがにこの日は、結局四日ぶりに帰宅した玲二がいるというので、高遠とは店の中で別れた。

「ひさびさ、玲ちゃんのご飯」

「ごめんね、ほったらかして……ちゃんと、信符にご飯食べさせて貰《もら》った？」

頼《たの》んでいったんだけど、とピンク色のパスタを巻き取りながらの玲二に問われ、希はどきりと息を飲む。

「……うん、毎日、送ってくれたよ」

そうして、嘘《うそ》じゃないぞとどきどきしつつ、玲二の得意料理のひとつを口に運ぶ。

「そっかあ。ならよかった、希、ほっとくとなにも食べないし」

「ちゃんと食べたよ。……だめな時は店の厨房《ちゅうぼう》で、なんか作って貰ったし」

大丈夫《だいじょうぶ》だと拗《す》ねてみせながら、後ろめたさに冷《ひ》や汗《あせ》が滲《にじ》む。

「それどう？　味」

今日の明太子パスタは贅沢《ぜいたく》にも、本場福岡《ふくおか》のお土産《みやげ》を使用している。焼いたニンニクとオリーブオイル、タカノツメも少々を混ぜレモンを垂らす、ポイントは細かく刻んだアサツキと焼きノリ。

「……美味《おい》しいよ」

これは嘘。

結構に辛いが味も良いそれは残念なことに、今の希にはさっぱり味がわからない。

日常が戻ってくれれば、この不可思議な物思いから抜《ぬ》け出せるだろうかと淡《あわ》い期待を抱《いだ》いていた希は、結局その程度では高遠にまつわるあの濃厚《のうこう》な記憶《きおく》から抜け出せない自分を知った。

確かに、玲二が不在の間高遠は極力、希の面倒《めんどう》をみてくれた。それが目の前にいる叔父に頼まれたのだということも、最初の日、唐突《とうとつ》に送っていくと告げられた時に教えられてもいる。

そしてその後の展開をも思い出せば、どうしようもなく赤くなり、希は喉《のど》のつかえを堪《こら》えながら、少し辛口のパスタを飲み込んだ。

（雪下さんに頼まれたからな。いない間、頼むって）

唐突に誘《さそ》われて驚《おどろ》いて、しかし理由を知ればそういうことかと、納得《なっとく》しつつやはりがっかりはした。

（そ、う……ですか）

けれど、子供のように泣いてしまった後では意地も張れないまま、保護者代理のさらに代理である彼に言われるまま、朝方の営業を終えた店から車で送って貰い、途中《とちゅう》のファミレスで簡単な食事をおごって貰った。

そのまま、また家まで送ると言われ、遠慮《えんりょ》したものの断りきれず、高遠の車でこのマンションへ運ばれた。それじゃあと、助手席を下り際挨拶《ぎわあいさつ》しようと振《ふ》り向けば、またあの長い指が頰《ほお》を捕《と》らえて。

（……明日も）

来い、と囁《ささや》かれたそれにうっかり頷《うなず》いたのは、もう覚えさせられた高遠のきつい口づけを、延々施《ほどこ》された後だったからだ。

それが四日前。車の中の出来事で、一昨日《おととい》はもう少し、服の上からきわどい場所まで触れた。それでも、いじめるようなそれではなくどこか、ぎこちない希の身体《からだ》を撫《な》でて慣らすような愛撫《あいぶ》であったから、うっとりとその指に身体を任せてしまったのは希の弱さだと思う。

だが、それも仕方のないことだとも、希は内心呟《つぶや》く。

（やさしくなった、……んだもん）

路上で彼を目撃《もくげき》したあの日以来、執拗《しつよう》にいたぶるようにからかってきた高遠は、裏口で言い争って以来突然《とつぜん》その揶揄《やゆ》の態度を引っ込めた。

それどころか、口調や表情は変わらないものの、気配そのものがひどくやわらかくなって、ひどく希を戸惑《とまど》わせたのだ。

(ひとりで、平気だって、言ったのに)

玲二に頼まれたと言うけれど、面倒ならば放って置いてくれてもいいと、言葉を選びつつ怖《お》ず怖ずと告げてもみたのだ。しかしその後返ってきたのは、子供が遠慮をするなの一言で、それきり口を閉ざした彼には話しかけられはしなかった。

こんな状態で、義務的に面倒を見られてもつらいと思ったものの、高遠の気配には全くそういう様子がなかった。どころか、言葉少なな中にも気遣《きづか》う視線を織り交ぜてくるから、ぐらぐらと揺《ゆ》れたままの気持ちがおさまらず。

(離《はな》れらんなく、なる……)

この一週間足らずの間で、目まぐるしくアップダウンを繰《く》り返した神経はもう疲弊《ひへい》して伸《の》びきって、以前のようにぴりぴりとすることもない。ただ漠然《ばくぜん》と不安になったり、反動で妙《みょう》に浮かれた気分になったりと、地に足がつかないような感覚が去らなくて困っている。

ふわふわと甘ったるく肌《はだ》が火照《ほて》って、身体の奥に芯《しん》が足りない気がする。そしてそんな自分の状態が、ひどくいやらしいような気がするのに、以前のようにそれを嫌《いや》だと思えない。

(だって、好きだもん……)

はっきりと自覚してしまえばただ、高遠を求める切なさばかり募《つの》って、やさしくしないでと拒《こば》むことさえ、贅沢に過ぎてできなくなった。

そして昨日はついに、またこの部屋にまで上げてしまった。しかし言い訳のようだが、本当にそういうつもりではなかったのだ。

連日送って貰って、帰り際に口づけられ、それでも車に乗ったまま別れていく高遠の後ろ姿に、申し訳なさと淋《さび》しさを覚えたから、お茶くらいは出しますと言っただけだ。

それなのに、三日の間にまず、人慣れしない猫《ねこ》を手なずけるような些《さ》細《さい》な触れ方しかしなかった高遠は、タイムリミット直前にまた、獣《けもの》の瞳《ひとみ》を見せてきた。

（だめ、たかと、……さ、だめ……！）

玄関《げんかん》を閉めるなり抱きしめられて、またあのひどい口づけをされて、怯《おび》えながら希はそれでも、拒んだのだ。

（ここ、玲ちゃんち、なのに……っ）

自分の不在に、預かりものの甥《おい》が、卑猥《ひわい》な行為《こうい》にこの場所を使ったと知れたら玲二はなんと言うだろう。そう思えば身が竦《すく》んで、お願いだからやめてと、そう言ったのに。

（誘ったの、そっちだろう）

（お茶、出すって言った、だけ……っ）

第一、熱に浮《う》かされたような最初の夜ならともかく、二度目の誘いの時にはもう明らかに、なにをどう「されてしまう」のか、わかりきっている。

だからよけいに抵抗《ていこう》したのに、ここ数日の穏《おだ》やかさが嘘のように、高遠は少しも言うことをきいてくれなかった。

(だめ、や、……あ、あ、ん……)

そしてそれ以上に、実際には数日をかけて煽《あお》られ、じりじりと高ぶらされた身体が言うことをきかなくて、首筋に噛《か》みつかれればもう、抗《あらが》えず。

あげくには今玲二の座っている辺りで押し倒《たお》され、シャツを開かれて、脚《あし》を開かれて、そして、あの、指で――……。

「……あれ？　辛《から》すぎた？」

「ちょっと……唐辛子《とうがらし》のかたまりが」

つらつらと思い出した瞬間《しゅんかん》、顔を顰《しか》めて口元を押さえてしまった希に、お水いるかなと玲二が立ち上がる。

(わかんない……よね)

フローリングの床《ゆか》を暖めた希の体温は、発熱したように上がっていた。膝《ひざ》の裏にたまった汗が不愉快《ふゆかい》で、それが細い臑《すね》を滴《したた》り落ちる感触《かんしょく》も、流れを追うように這《は》った高遠の舌の淫《みだ》らさも、希の脳裏《のうり》に残像としてあるだけだ。

（やあ……っあ、んー……！）

ましてあの日あげた嬌声《きょうせい》を知る者など、それを引きずり出した本人以外にあり得ない。咀嚼《そしゃく》の動きであの場所を嚙まれて、そうしながらまた、この間は置き去りにされた後ろにも、高遠はまた触《ふ》れてきた。

はじめての日よりもさらに執拗にされて、結局彼の口の中に放つまで、深く潜《もぐ》らせた指は希から去らず、おかげでまだなんとなく、あの場所が痺《しび》れているような気もする。

（……触《さわ》って）

（や、や……こん、なの……っ）

結局昨晩《ゆうべ》もそこに、彼自身の熱を知ることはなかった。けれども、手のひらを使う愛撫のやり方を覚えさせられてしまったことと、そこに滴った高遠の体液の粘《ねば》った熱い感触が、希の肌から去っていかない。

（……は……）

深く息をつき、希にそれを預けたまま達した瞬間の、高遠の微《かす》かな喉声の甘さも。汗《あせ》ばんだ端整《たんせい》な顔を覆《おお》った髪《かみ》が流れて、自分の頰をくすぐっていたあの、むず痒《がゆ》さも。

「……う」

思い出した瞬間腰《こし》が疼《うず》いて、冗談《じょうだん》じゃないと思う。そうして、玲二に差し出された水を、火照りを取るためのようにがぶ飲みしては、噎《む》せた。

「けふっ……」

「なにしてんの、もう……」

お子さまだねえ、と笑う玲二は、自分の友人によってこの甥が、強引にオトナにされたことなど、想像もできないことだろう。

涙目《なみだめ》になったのは、息苦しさのせいだけではなく申し訳なさも覚えているからだ。唯一《ゆいいつ》の理解者である玲二に対して、はじめて作った隠《かく》し事は、希の未熟な精神にはあまりに重い。

「……ところで、三者面談は？」

「あ……」

忘れていた、ととぼけた声を出した希に、たまには学校行きなさい、とさすがの玲二も苦笑する。その笑《え》みを見つめて思うのは、やはりどうしようもない後ろめたさだ。

それでも、このやさしい叔父《おじ》を裏切っているような気分を堪《こら》えてさえ、高遠との時間を手放すことはもう、希にはできそうになかったのだ。

「明日は、行くけど……」

「ん、まあ……ちゃんと、卒業できるようにすれば別にいいんじゃない？」

その先はわかんない、と口ごもれば、日数だけは確保しろと言う玲二のそれに頷きつつ、また内心でごめんなさいと希は呟く。

（――……明後日《あさって》、暇《ひま》か）

こっそりと今日の帰り際《ぎわ》、耳打ちされて頷けば、このマンションの最寄り駅に、昼過ぎに来いと誘《さそ》われた。そしてどこに行くとも、なにをするとも告げられないまま、希の返事も聞かずに高遠はその場を離れていった。

ＮＯと言われることを頭から考えていないその態度には、困惑《こんわく》するし腹も立つ。それでもきっと、指定された時刻より前に、駅前で待っているであろう自分が見えているから、希は複雑な気持ちになるのだ。

高遠がわからない。それははじめからそうなのだけれども、あからさまにからかわれるよりもむしろ、今の彼の態度の方が、希には難解だ。

（なに、考えてるのかな……）

切なく物思いに耽《ふけ》る甥の逡巡《しゅんじゅん》に気づかぬまま、玲二は食後のコーヒーを啜《すす》りつつ、その怜悧《れいり》な眉《まゆ》を寄せた。

「ただ、明後日《あさって》にはぼく出かけちゃうんだけど……」

「また？」

玲二に淹《い》れてもらったカフェオレを一口飲みつつ、希も苦い表情を浮かべる。玲二の好みは少し大人の味がするから、もう少しミルクを足そうと立ち上がる。

出先の仕事が片づいた気配はないが、そんな時期に、責任者ふたりして店を放ってもおけなかったのだろう。そしてむろん、希のことも放っておける玲二ではない。

「何日くらい？　今度は」

冷蔵庫から牛乳のパックを取り出しつつ問えば、うーん、と玲二も首をひねった。

「それがわかんないんだあ……ちょっと、こじれてて」

「ふうん……」

忙《いそが》しいねと告げるそれは、そこまではただ心配な色を浮かべていただけだった。

「うん、だから、もしかすると面談……」

「────……いいよ」

しかし、自分が悪いのでもないのに謝ろうとする玲二に、気にしないでと希は笑ってみせながら、すうっと先ほどまでの甘く浮かれた気分が冷めるのを知った。

そして台所に立ちミルクを温めながら、彼が次の言葉を発するより先に早口に言い募《つの》る。

「いいよ、顔合わせだけだと思うし……都合つかないって言っておく。……もともと、そのつもりだったし」

「のぞ……」

「だから」

背を向けたままの希は、玲二が提案しようとした事柄《ことがら》を、先んじて制した。

「だから。……あの人たちは、呼ばないで」

「希……」

先ほどまでのふんわりとした表情が、鋭《するど》く尖《とが》るのが自分でもわかる。まだ触れられない傷口は、こんな風に時折希を頑《かたく》なにさせてしまうらしい。

(……いいんだ)

両親の存在は、希にとって苦い現実を思い出させるばかりで、それはあの強烈《きょうれつ》な高遠への恋《こい》に溺《おぼ》れながらも、深い部分で彼のことを諦《あきら》めている事実に繋《つな》がる。

(勝手に、好きなんだから)

都合のいい時だけ振《ふ》り回されることなんて、慣れている。やさしくされても、それもきっと気まぐれだ。それでいいことにしよう。

(それ以上……なんにも、ないんだから)

あの人がかまってくれる間は、だからせめて、他《ほか》のことは全部忘れてしまおう。

温まったミルクをカップに注ぎながら、玲二にというよりも自分に言い聞かせるように、希はかすれた声で呟《つぶや》く。

「大丈夫《だいじょうぶ》だから。……ひとりで、平気」

小刻みに震《ふる》える唇《くちびる》を噛めば、もう高遠の感触を、その苦みが消してしまいそうだ。

堪えるように力んだ腕《うで》を振ればミルクパンからの最後の一滴《いってき》が跳《は》ね上がり、それはきれいな王冠《おうかん》を描《えが》いては、希の唇を濡《ぬ》らした。

その小さなひと雫《しずく》は、ささくれた希の感情を、せめてもやわらげるように甘く、暖かかった。

＊　　＊　　＊

翌日、久しぶりの学校へ訪れると、わかってはいたけれどもその味気なさに驚《おどろ》いてしまう自分がいて、希はやや鼻白むような気分になった。

新学期に入って以来さほどまともに登校もしていないせいで、いざ教室に入ってみれば怪訝《けげん》そうな表情の女子生徒たちがちらちらと窺《うかが》ってくるのも鬱陶《うっとう》しかったし、無関心そうに一瞥《いちべつ》を投げたきりの男子にも、反感を持たれているように思えてしまう。

やはり来なければよかったな、と吐息《といき》して、取りあえずはまだ残っていた自分の席に座れば、ひとりの女子が、怒《おこ》ったような神経質な顔で目の前に立った。

「……なに？」

「これ。……提出して貰《もら》わないと、困るの」

表情なく問えば、いきなりプリントを突《つ》き出される。どうやら彼女はクラス委員をやっているらしいなと、その気負いすぎた責任感の漂《ただよ》う表情に察した。ざっと目を通せば、全校で行われる内科検診《けんしん》のための、問診票《もんしんひょう》だ。

億劫《おっくう》な、と希が吐息すれば、それをどう受け取ったのかひどく癇《かん》に障《さわ》る声でいきなりまくし立ててくる。

「それと雪下くん、オリエンテーションの日も休みだったし、来月の体育祭の選手決めとかもあるから、そういう時休むのってずるいと思う」

「……ずるいって？」

「面倒《めんどう》なのはみんな同じなんだから、ちゃんとそういうこと参加してよっ」

その剣幕《けんまく》に驚きつつ、なにをそんなにいらいらしているのだ、と希は息苦しくなった。もう一度吐息すれば、背後にいたこれも名前もわからない男子が囃《はや》したててくる。

「長山《ながやま》ぁ、ヒスってんじゃねえよ」

「参加してよお〜だって。うるせーの」

「う、うるさいわね！」

（……やかましいなあ）

　からかわれ、真っ赤になったまま更に声を上擦《うわず》らせる長山クラス委員に、朝一番からひどく疲《つか》れさせられる。

「きゃんきゃんうるっせえよ、別に怒鳴《どな》ることねえだろ」

「なによ、あんた関係ないでしょ！」

（元気いいっていうか……）

　けれども、涙目になりながらからかっている男子相手にまくし立てる彼女に対して、希は以前よりも不快感を抱《いだ》いていない自分に気づいた。その華奢《きやしや》な後ろ姿の焦《あせ》った気配が、なにか自分でも思い当たる気がしたのだ。

（あ……そうか）

　にやにやと笑いながらちょっかいをかけてくる彼のことが、彼女は好きなのだろうと直感的に悟《さと》る。ムキになって言い返し、怒った顔を見せてはいるけれども、ゆわいた髪《かみ》から覗《のぞ》く耳朶《みみたぶ》の染まった様子や、小刻みに震える指がその証拠《しようこ》だろう。

　相手の方がそれに気づいているのかどうかとしばらくじっと観察していれば、どうも無意識には理解しているようだと希は悟る。子供じみたかまい方をしてくるのもそのせいで、素直《すなお》になれないだけなのだろうな、とぼんやり思う。

（……高遠さんからも、こんな風かもな）

あの冷たいような彼からは、希もみっともなく赤くなってうろたえて、じたばたともがいて見えるのだろうか。そう思えば途端《とたん》に長山のことが気の毒になってしまった。

きっと彼女だってうろたえたり怒鳴ったり、そんな姿を見せたいわけではなかろうに。

「……あの」

そう思った瞬間《しゅんかん》、自然に口が開いていた。そして、不思議そうな顔をして一斉《いっせい》に見つめられた希は、自分がこのクラスに入ってはじめて自主的に口を利《き》いたことには気づいてはいない。

「長山、……さん。これ、いつまでに出せばいいの」

「あ、え……あの、本当は昨日……だったんだけど」

静かに立ち上がり、落ちついた声でそっと問いかければ、彼女は飲まれたように瞬《まばた》きをする。しどろもどろになるのはなぜだろうと思ったけれども、希はそのまま再度問いかけた。

「アレルギーのこととか、よくわからないから……家で、訊《き》いてからでもいい？」

店では一番の下《した》っ端《ぱ》で、自然子供扱《あつか》いを受けている希ではあるが、普段《ふだん》から大人たちに混じって会話をしている分、所作や話し方はおよそ、高校生の持つ雰囲気《ふんいき》ではあり得ないのだ。

「う、うん…ら、来週の内科検診までに出せばいいから」

それでなくても、元芸能人だけあって顔立ちは精緻《せいち》な人形のような希だ。クラスに入るなり注目を浴びたのは、滅多《めった》に来ない生徒が登校してきただけだという意味ではなく、端麗《たんれい》な容姿に見とれている者も実は少なくない。

「そう、わかった。……きみに渡《わた》せばいいの？」

すらりとした指で、前髪《まえがみ》をかき上げながら静かに話す希は、そのクセが実は高遠から移ったものだとは気づいていない。肌《はだ》を合わせることを知って以来、少しずつ彼の気配に馴染《なじ》んでいる自分もむろん知らないから、返事もできないまま赤くなった長山の気持ちなど、わかるはずもなかった。

「……長山さん？　いいんだよね？」

その涼《すず》やかな、だがどきりとするような艶《なま》めいた表情が、好きな男の子相手に怒るしかできないようなうぶな少女には、刺激《しげき》が強すぎることなど知る由《よし》もなく、返事を貰えないことに訝《いぶか》った希の返答は、どこか幼さを帯びる。

「それで、いいです……」

不意に気の抜《ぬ》けたその声さえも、誰《だれ》かを惑《まど》わすのに充分《じゅうぶん》な甘い響《ひび》きで、再度問われた長山はもう、蚊《か》の鳴くような小さな声で答えるのが精一杯《せいいっぱい》になっていた。

「あれ……？」

そうして、目の前からばたばたと去っていった彼女に首を傾《かし》げていれば、先ほどの男子が驚いたような顔をしてこちらを見ている。

「……なに？」

「な、なにってか……」

「なあ……」

なにか言いたいのか、と黒目のはっきりした大きな瞳《ひとみ》で見つめれば、先ほどまでにやにやと笑いあっていた表情さえも引っ込めて、彼らもしどろもどろになる。追及《ついきゅう》もする気がないまま、自分の席にかけた希はぼんやりとプリントを眺《なが》めた。

（……やっぱり、学校キライ）

高遠といる時にも、なにを話せばいいのかと緊張《きんちょう》はするが、この空間はそれとはまた違《ちが》った種類の気まずさを覚えてしまう。授業が始まってくれればそれを聞いていればいいから楽だけれども、こういう空いた時間がひどく、苦手なのだ。

本でも持ってくればよかったか、と退屈《たいくつ》を持て余してため息すれば、そんな希の前にふっと影《かげ》が差した。なんだろう、と顔を上げれば先ほどの男子が三名ほど、奇妙《きみょう》な顔をして突っ立っている。

「なにか、用？」

「えっと……用、っていうか」

おまえが訊けよ、とお互《たが》いにつつきあって、結局押し出されたのは先ほど、長山と一番言い合っていた男子だった。胸ポケット上に「鷹藤」とあって、一瞬《いっしゅん》だけ希はどきりとする。

「なに？　ええと……タカトウ？」

「あ、いや、タカフジだけど……」

あの人と読みが似ているのかと思えば違った。なんだ、と意味不明の動悸《どうき》を収めるべく希が瞬きすれば、鷹藤は口を利いてくれたことにほっとしたように表情を緩《ゆる》め、そして言った。

「……のさ、雪下って、なんで学校来ないの？」

「は……？」

唐突《とうとつ》な問いに驚いて目を瞠《みは》れば、背後にいた叶野《かのう》と内川《うちかわ》――これも名札にあった――が同時にその頭を叩《たた》いてくる。

「っのばか、直球すぎ！」

「だ、だってさあ……」

気になってたんだからしょうがないだろう、と口を尖《とが》らせる様子を、ぽかんと希は眺めてしまった。しかし、結局他《ほか》のふたりも好奇心《こうきしん》には勝てなかったようで、矢継《やつ》ぎ早《ばや》に問いかけてくる。

「でもなんか、病気とかあんの？」

「カテーのジジョーとか？　それともなんかやってんの？　いつも、来たって寝《ね》てるし」

「え、あ、いや……」

聞き難いことを真っ向ストレートで訊いてくるのは若さゆえの不躾《ぶしつけ》さだろうけれども、その興味津々《しんしん》といった表情に、不愉快《ふゆかい》さよりもいっそ新鮮《しんせん》さを覚えてしまった希は、うっかりと口を開いてしまった。

「あの、バイトが……」

「バイト!?　うちの学校それやばいんじゃ」

「だ、だから……っ」

なんだか軽い興奮状態にあるらしい、と希は思ったけれども、それが同世代のテンションの高さに馴染めないだけだとはわからないまま、声を抑《おさ》えてくれと焦った。

「叔父《おじ》の仕事、手伝ってるだけだよ……」

「仕事ってなに？」

困ったな、と思いながらこっそりと言えば、案の定仕事ってなになに、と問いかけてくる。それでも、ここで言えないなどと答えれば不興を買うのではないかと恐《おそ》ろしく、こそこそと手招きして希は小さく告げた。

「……ジャズバーでウエイターやってるんだ、だから……」

ばれるとまずいんだ、と指を立ててみせると、希よりよほど顔立ちや髪型《かみがた》は大人びているのに、彼らは一斉に感心したような眼差《まなざ》しを向けてきた。

「えー、なんか……」

「うん、やっぱなあ……」

（………なにこの反応）

よくわからないと希は内心首を傾げているのに、相手は勝手に納得《なっとく》したように頷《うなず》きあっている。

「や、雪下ちょっと雰囲気ちげーじゃんか。大人っぽいっていうか」

「え……」

「ガッコ来てもつまんなそうだし、俺らとかと人種違《ちが》う感じでさ、近寄りがたいっていうか」

「そう……なのかな」

店の中で気を張っている時ならともかく、学校での自分がそう見られていたとは思わなかったと希は目を丸くする。しかし、考えてみればバイト中のそれにしても、希から作った姿ではなく周囲が勝手に形作った「雪下希」だったわけである。

(俺、普段からそう見えるのかな……)

端《はた》からそう評されるうちに、自分自身なにか勘違《かんちが》いしていたかもしれないと希は首を傾げた。

「うん、なんかな。話しかけてもバカにされそうっていうか」

「そんなこと……」

やはりあまりいい印象ではなかったのか、と眉《まゆ》を寄せれば、失言が多い鷹藤の頭をまた叩いた内川が慌《あわ》てて言い募《つの》る。

「あ、うん、それはでも違ったな。なんか……フツー？」

「おまえそれ失礼だろ却《かえ》って」

「えー、でもなんかフツーじゃん」

なあ、と本人に向けて相槌《あいづち》を求められてもと、希は困惑《こんわく》する。けれどそれは、決して悪い気分ではなく、意識しないままその小さな唇《くちびる》は弓なりに上がっていく。

苦手だ苦手だと避《さ》けてきた同世代の連中も、話をしてみれば案外他愛《たわい》ないものだと知って、希はずいぶん気が軽くなるのを感じていた。

(まあ、それもそうか……)

大人びて見せても、あの難解な高遠に較《くら》べれば彼らは遥《はる》かにわかりやすい。そして、こんな風に他人のことを冷静に見てしまう自分が、かなりの驚《おどろ》きだった。

しかしそれも当たり前の話なのかもしれない。高遠のようにまったく読めない大人を相手にしていれば、自分と同じ歳の情緒《じょうちょ》不安定な連中の考えなど、手に取るようにわかる。

（かまえすぎ、だったかな……）

小中学校時代、かつての芸能活動が元でいじめられたりもしたけれども、もういい加減幼稚《ようち》な嫉妬《しっと》を人にぶつける年齢《ねんれい》でもない。まして過去の希を知らなければ、異端《いたん》に扱《あつか》われる原因自体が存在しないことを、希ひとりがわかっていなかったのかもしれない。

「なあ、今度バイト先行ってもいい？」

「それは、ちょっと」

「え、なんでー」

勘弁《かんべん》ね、と苦笑して謝れば、残念そうに言いつつもあまり気分を害した様子もないからほっとする。他意はないとわかるけれども、やはりあそこは希の唯一《ゆいいつ》のテリトリーで、そして本来は玲二や義一のための空間なのだ。

誰彼《だれかれ》かまわず入れていい場所でもなく、実際高校生が立ち入っていい店ではない。

「ばれると停学じゃすまないよ」

だから黙《だま》っててね、と頼《たの》めば、少し残念そうにしながらも彼らは共犯者の笑《え》みを浮《う》かべて、希もそれに応《こた》えることができた。

そうこうするうちにチャイムが鳴り、ホームルームに入ってきた担任は希に一瞬目をやって、珍《めずら》しいその笑顔に驚いたように、目を瞬《また》かせていた。

＊　＊　＊

ささやかながら、希にとっては大きな変化と発見のあった学校での一幕を終えたこの日、しかし昼間とは打って変わって、希はしょんぼりとして高遠の前にたたずんでいた。

玲二の久方ぶりの帰宅を迎《むか》えた昨日、彼にも内緒《ないしょ》というように店先でこっそり囁《ささや》かれた高遠との待ち合わせの内容を、内心ではひどくそわそわしながら待っていた。

けれども、たまには真面目《まじめ》にと登校したのが仇《あだ》になり、希はその場所に赴《おもむ》くことができなくなってしまったのだ。

「あの、明日の待ち合わせ、行けません……」

鷹藤たちの好奇心を振り切って放課後から出社した店の休憩《きゆうけい》時間。おずおずと、店に顔を出した高遠へそれを切り出せば、ぽつりと問いかけられる。

「……用事でもあるのか」

怒《おこ》っているのかとどぎまぎするような低い声ではあるが、高遠はもともとこうした不機嫌《ふきげん》そうな話し方しかしない。

「えと。……テストがあるんで、休めなくて」

「テスト？……ああ」

学生だっけな、と素っ気なく言われ、頷きつつ希は哀《かな》しいような気分になる。抜《ぬ》き打ちの小テストがあると聞かされたのは、この日のことで、知っていれば今日だって学校になど行かなかったのにと唇を噛《か》んだ。

「あの、………ごめんなさい」

「うん？」

「行けない、から……」

普段《ふだん》ならばそれでもかまうものかとさぼってしまったところだけれども、久々に登校した希はやはりというか担任に呼び出され、放課後には少々お小言を食らったのだ。

（去年もこうで……雪下、テストさえ点が良ければいいってもんじゃないんだぞ）

新学期に入るなりほとんど学校に行っていない有様で、このままのペースでは、進級どころか退学になる。そうなれば、保護者面談の際にご両親にもお話するときつく告げられ、希は青ざめた。

あげく、面談には絶対に保護者を連れてこいと言われてしまい、朝とは違《ちが》って希の表情は重苦しいものになっている。そこにテストのことを持ち出され、ここですっぽかせば本当に、玲二不在の今は両親に連絡《れんらく》が行ってしまいかねない。

（一日、ずれてくれれば休みだったのにな……）

そうすれば明後日《あさって》は土曜日で、学生の希は半ドンで上がれた。しかし、自由業の高遠はそういう世間の休日日程で動いているわけではないから、そんな図々しいことが言えるはずもない。

ただでさえ嫌《いや》な現実に落ち込んでいて、高遠との約束まで反故《ほご》にしなければならなくて、希は内心では泣きそうになっていた。

「……何時に終わる」

「え？」

しかし、ぼそぼそと謝っていた希に、高遠は煙草《たばこ》をふかしながら問いかけてきた。今日の彼は春物のコートも脱《ぬ》がないままで、店にも仕事に来た様子ではない。今も実際、営業中の店の入り口まで呼び出され、人気のない外で話していることから、ついでに立ち寄ったというところだろう。

「あ、えと今日はまだ……」

「今日じゃなくて。……高校の終わる時間なんかもう忘れた」

高遠の纏《まと》うシンプルなデザインのロングコートは、淡《あわ》い街灯の灯《あか》りの下では真っ黒に見えるが、実際には深みのあるグリーンだ。そのきれいなラインをぼんやり見つめていた希は、しばらくは問われた言葉の意味がわからなかった。

「おい、だから。明日は何時に終わるんだって訊《き》いてる」

「えっえっ、あ……ええと、三時……三時半には」

しかしどうやら、それが、希が学校を退《ひ》ける時間まで待ってやるということらしいと気づけば、現金にも底まで落ち込んでいた感情は一気に浮き上がる。

「あの、だから、……待ち合わせ、四時ならっ」

「いい。校門の近くで待ってろ。南高だろ、おまえ」

「あ、はい、でもなんで」

その上、迎《むか》えに行くと告げられてはもう、嬉《うれ》しいを通り越《こ》して呆然《ぼうぜん》となっても仕方がないだろう。しかも、教えてもいない高校名まで知られていて、それはおそらく玲二に聞いたものだとは思うけれども。

「……なんだその顔」

「あ、だって、でもっ……」

あたふたとしながら、ああやっぱり長山もこんな気分だったのだろうと希は赤くなる。落ちつかなくて、甘ったるく胸が痛いから苦しい。だから気の利《き》いたことも言えないし、それで笑われればまた自分が嫌になって。

「……かと、さんっ……だめ、だ……っう」

おまけにやはり、鷹藤よりも高遠の方が数倍たちが悪いと思う。笑ってからかうだけではなく、外なのに仕事中なのに、人は通らないからとその大きな背中で希を隠《かく》すように、唇を啄《ついば》んだりしてみせる。

「明日な」

「……は、い……っ」

確認の言葉だって、耳朶《みみたぶ》に触《ふ》れながら囁《ささや》かなくてもいいと思うのに、長い指でくすぐるようにされるから、身体中が震《ふる》えてしまった。ぞくぞくして、壁《かべ》に縋《すが》るように立ったまま肩《かた》で息をした希の姿に、高遠は新しい煙草をくわえて微《かす》かに口の端《はし》を引き上げる。

そのまま、言葉もなく去っていく後ろ姿を眺《なが》めながら、希は手の甲《こう》で震える唇を覆《おお》った。

「も、う……っ」

そして、うっとりと潤《うる》みかかっていた瞳《ひとみ》を瞬いては慌てて周囲を見回す。さほど人通りのない場所とはいえ、全く無人なわけでもないのだ。

「店の前なのに……」

知り合いに見られたらどうする気だと、希はいやな動悸《どうき》を押さえるように吐息《といき》する。

店内では大概《たいがい》において気忙《きぜわ》しく、高遠とゆっくり話したことなどない。ましてこういう関係になってからは、希自身が気恥ずかしくて、人目のある場所では話しかけられもしないのだ。

高遠もまた、自分を知る人間の間では相変わらずクールなままであるし、また玲二にばれれば厄介《やっかい》この上ないことはさすがに自覚しているのか、店内では希にことさらかまうこともないのだが、ふたりきりになった途端《とたん》にこれだから困る。

高遠は本当に所かまわずという部分があって、気が乗れば場所もかまわず口づけてくるのだ。それも、冗談《じょうだん》では済まされない手合いのものだから、その度に希は困り果てる。

彼に言わせればそれなりに気を配っているというのだが、実際あのホテル前では希に見られていた過去がある。

要するに人目を根本的に気にしていないのだと思う。今までよくそれで、周囲に乱行めいたことがばれなかったと半ば呆《あき》れ半ば感心するような気持ちになる。

「一応、有名人なんだから……」

気をつけてよ、と呟《つぶや》きながらそれでも、緩《ゆる》んだ頬《ほお》が戻《もど》らない。自分でも、表情がとろりとしているのがわかる分だけ恥《は》ずかしく、数回頬をつねっては顔を引き締《し》めてみた。

そうして、その痛みの分だけ、思い上がるなと言い聞かせる。きっと、これは高遠にとっては大したことのない遊びなのだから。

(でも、もう何度もキスした)

きっと数え切れないくらいの女の人に――もしかすれば希のような男の子にも、あんな風に触れてきたのだろうから。

(でも、ちゃんと会ってくれる。学校まで、迎えに来るって)

だめだと、期待するなと胸の裡《うち》にどれほど繰《く》り返しても、止められない。普段があんな風に素っ気ない高遠だけに、ほんの少しやさしい態度を見せられてしまうと、嬉しくて舞《ま》い上がってしまう。

(………いい、よね)

ほんの少し。今までが今までだった分だけ、少しだけ、この夢見がちな気分に浸《ひた》ってもいいだろうと、希は自分に言い訳をする。

そして、今日の教室で起きた出来事のように、ささやかな、けれどとても嬉しい「意外」なことが起きても、いいのではないかと性懲《しょうこ》りもなく期待した。

「のーぞむー。休憩終わるぞ」

「あ、うん」

もしかしたら、高遠にとって少しだけでも、自分が特別に扱《あつか》って貰えているような、そんな錯覚《さっかく》に浸ることくらいは許してほしいと強く願い、そしてどうにか気を取り直し、塚本の声に職場へと戻っていく。

ふわふわと甘い感覚のまま、地に足がついていない。どこかで転んでしまいそうで、だから気をつけようと思っても、どうにもならないまま、希は夜を泳ぐ魚のようにフロアを横切った。

その背中に、羨望《せんぼう》と憎《にく》しみのこもった視線が注がれていることにも、気づかないままに。

＊　　＊　　＊

学校帰りに待ち合わせた日には、どこへ行くとも告げられないまま車に乗せられ、いったいどうするのだろうと思っていれば、高遠は普段《ふだん》リハーサルに使っているというスタジオに連れていってくれた。

訪れた先には、希の父親ほどの年齢《ねんれい》の人も、逆に希とさほど歳の変わらないようなミュージシャンもいて、特に切羽詰《せっぱつ》まった状況《じょうきょう》でもないのか、学生服姿の珍客《ちんきゃく》は非常に珍しがられてしまった。

「玲二の甥《おい》っ子《こ》か、なるほど美少年だな」

どうやらそこにいた面々は叔父とも面識があるらしく、面白《おもしろ》がって希に楽器を触《さわ》らせてくれたり、スタジオの機材を見せてくれたりもした。

その間、高遠はなにをしているかと言えば、打ち合わせをしたり音合わせをしたりで、実際にはかなりほったらかしだった。それでも、あちこちをいろんな人に引きずり回されたおかげで、退屈《たいくつ》はしていなかった。

また、一番面倒《めんどう》を見てくれた、いかにも人の良いヒゲ面の「クマさん」というあだ名のドラマーが、こっそりと希にこう囁《ささや》いたのだ。

「しかし、キミよっぽど高遠に気に入られてるんだね」

個人的な知り合いを、遊ばせてくれと連れてきたのははじめてだと教えられ、希は目を丸くした。

「でも、玲ちゃ……叔父とかは？」

「あれは昔馴染《なじ》みだもの。玲二の方がうちらとは長いんだよ」

やたら顔が広いおかげで、このジャムセッションメンバーは玲二を拠点《きょてん》に繋《つな》がっているようなものだと聞かされ、希はむしろますます正体のわからなくなったのは叔父の方かもしれないなどと思ったものだ。

そうして、夕方から夜までのリハーサルを見学させてもらい、ただでライブを見てしまったものの、今度これ聴《き》いてみてねとクマさんがくれたCDには、しっかり今スタジオにいる面子《メンツ》のクレジットが並んでいた。

（もしかして、凄《すご》いとこに連れてきて貰《もら》っちゃった？）

戸惑《とまど》いつつもありがとうと頭を下げれば、またおいで、とにこやかに笑って送り出された。

そうして、また車に乗せられ、傍《かたわ》らの高遠とはそういえば一日口を利かなかったと思い出したくらいだけれど、不思議と放って置かれたような気もしなかった。

だから、まずありがとうを告げて、その後なぜここに連れてきたのかと問いかければ、帰ってきたのはやはり、ぼそりと端的《たんてき》な言葉だった。

「……好きかと思って」

高遠が、自分のことを考えてくれたらしいと知れば、希は声を失ってしまう。もうそれ以上はなにもいらないと顔を赤くしていれば、なんだか車の中にはひどく甘ったるいような空気が漂《ただよ》った。

そうして、そのまま勢いで、ホテルにまで行ってしまったのだからどうしようもないのだ。声もなく、視線だけで「おいで」と言われればもう、催眠術《さいみんじゅつ》にでもかかったかのようにふらふらとついていってしまう自分がいる。

相変わらず高遠は、身体《からだ》を繋げる行為《こうい》はしないけれども、これはこれで当然なのかもしれないなと、希は思うようになっている。なんとなく、なにか物足りない気分になりもするけれども、女の子でもないのにそれを望むのはそれこそおかしいのだろうと、抱《だ》きしめられた数が片手のそれを超《こ》えたあたりからは思うようになってしまった。

指先で唇《くちびる》で触《ふ》れられて、上りつめる瞬間《しゅんかん》にはきつく腕《うで》に捕《と》らわれて、その体温を知るだけでも、充分《じゅうぶん》過ぎるほどに幸福だと思う。息もままならないような状態に追い込まれれば、刺激《しげき》の強さにいつも泣いてしまって、宥《なだ》めるように背中を撫《な》でる腕がやさしいから、それ以上はもう贅沢《ぜいたく》なのだろう。

だからできるなら、高遠とのこんな時間がもう少しだけ続いてくれればと、願うのはただそれだけだ。

それだけ、だったのだけれども。

＊　＊　＊

希が久しぶりに高校へ登校した日から、さすがに担任に咎《とが》められては仕方ないと希は真面目《まじめ》に出席し、学生の本分をこなしていた。

あの日以来、鷹藤たちとはそこそこに会話をするようにもなったおかげで、以前ほどに身の置き場のない感覚がなくなったのも幸いし、今まで苦手意識を持っていたのが不思議なくらいに平和な日々は続いている。

しかし、あの約束通り高遠が学校の校門前で待っていてくれたおかげで、少しばかり目立ってしまったのは否《いな》めない。それでも、叔父《おじ》の友人でと告げれば数人の女子が騒《さわ》いだ程度で、これもさほどの問題にはならなかった。

どうやら今まで、クラスの中で不可思議な存在だった希に対しての好奇心《こうきしん》が旺盛《おうせい》で、邪気《じゃき》のない鷹藤らには、叔父の所に下宿してこの高校に通っているとだけ話した。両親は忙《いそが》しいため、親代わりというか、兄のような人なのだと告げれば、口にしたそれが実際、ただそれだけのことのような気がしてくるから不思議だと希は思う。

昼休みも四人で昼食を摂《と》るのがすっかり定番になって、店での時間と昼のこの高校生としてののんびりした自分のギャップが、案外楽しいような気がしていた。

「……でも、叔父さんってまた出張なのか？」

「面談、どうすんだ？　もう来週だぜ？」

「その日には、なんとかしてほしいんだけどね」

でも仕事だし、と口ごもっても、誰《だれ》ひとり親の方は来ないのかとは問いかけてこない。

もう十七にもなれば、子供ながら人に事情があることを知る時期ではあるのだろう。はじめての会話の折りに不躾《ぶしつけ》に質問できたのも、それを肯定《こうてい》されるとは思っていなかったせいだと後に、一番気の回る内川が希に謝ってきた。

(別に、聞かれたくないことなら聞かねえしさ)

やならやだって言っていいんだぞ、と付け加えた眼鏡《めがね》の奥の瞳は聡明《そうめい》に澄《す》んでいる。

どうやら希の内向的な性格をいち早く察したらしい内川は、学年でも常に首位の成績をおさめている。頭の回転が速く、大人びた少年で、どこかしら義一を思わせる懐《ふところ》の広さがあった。

「でも、こんなに長いのも珍《めずら》しいなあって」

「そっかあ。メシとかどうしてんの？」

「それは適当になんとかなるけど……」

言いながら、ふわりと希はあくびをする。赤みを帯びた瞳に、一番気のいい鷹藤が大丈夫《だいじょうぶ》かと問いかけてくる。

「またバイトかあ？　夜遅《おそ》いんだろ、無茶すんなよ」

「あ、……ああ、うん」

しかし、その純粋《じゅんすい》な気遣《きづか》いに、希は一瞬《いっしゅん》だけ顔を赤らめてしまった。案の定、一番その手のことに目敏《めざと》い叶野がにやりと人の悪い笑《え》みを浮《う》かべた。

「……なにー、そゆこと？」

意外にえっちだなー、とからかわれ、飲みかけの牛乳を喉《のど》につまらせ、希は吹《ふ》いてしまいそうになる。

「そ、そゆって、なに、なにがっ⁉」

「えっ嘘《うそ》、雪下ってそういう意味でオトナ⁉　やっぱり⁉」

「やっ、やっぱりって、なっ」

下世話な、と呆れた内川を除き、ふたりは勝手に盛り上がってしまう。明らかに色めいたことに対する揶揄《やゆ》の笑みを浮かべられ、そんなんじゃないよと言いながら、事実その通りだから言い訳の言葉も小さくなる。

彼らにも零《こぼ》したようにこの数日間、玲二の戻る様子はなかったわけだが、実は希もその内の幾《いく》晩かは、自宅に帰っていないのだ。

むろん、店に入っていない時間には高遠と一緒《いっしょ》に過ごしていたわけで、そうすればふたりきりの空間では、必ずどこかしらに触れられている。

かといって、やましいことばかりをしていたわけでもないのだが、まったくしていないというわけでもないので、やはりその辺りをつつかれれば恥ずかしい。

「なになにー、その辺もちょっと詳《くわ》しく」

「オトナのお話を」

「……おい、よせよふたりとも」

赤くなり黙り込んだ希に、叶野と鷹藤は完全に面白《おもしろ》がってしまい、内川の咎める声も聞きはしない。だがそうしてからかわれながらも、希は不愉快《ふゆかい》とは思えなかった。

それだけに、打ち明けることのできない自分の恋心《こいごころ》が少しだけ寂《さび》しいとも思う。

「プライバシーの侵害《しんがい》だろ、よせって」

「ちぇー」

小さく吐息した希に気づき、ややきつく内川が咎めれば、密《ひそ》かなリーダーシップを握《にぎ》る青年には逆らえないふたりはようやくおとなしくなる。

「……ありがと」

こそりと言えば、内川は少しシニカルな表情で笑って、希の背中を軽く叩いた。そうやって許されてしまうところも、義一に少し似ていると思う。

（いつか……）

この彼らにだけでも理解してもらえればと思いながら、希がこの気持ちを打ち明けることは生涯《しょうがい》、誰にもないだろうと悟《さと》っていた。自分だけならまだしも、高遠は実際名と顔を売る商売だ。

少しでも彼の迷惑《めいわく》や負担になってしまうような事態を、自分で招くわけにはいかないと、そのくらいの分別は希にもある。

今ではもう、希の世界の中で一番大事なこの想《おも》いを守れれば、少しくらいの寂しさや哀《かな》しいことは堪《こら》えきれる。

そんな感情を胸に秘めたまま微笑《ほほえ》む希の表情を認めた内川が、はっと息を飲んだ。

「雪下って……」

「うん？」

「いや、………なんでもないよ」

哀しげで、それでいながら強く美しい情念を孕《はら》む希の笑《え》みが、およそ同世代の抱《かか》えた手軽な恋愛《れんあい》などでないことに、聡明な友人がこの瞬間気づいたことを希は知らない。

「なんかあったら、言えよ」

「？………うん、ありがとう」

だからこの唐突《とうとつ》な言葉にも、きょとんと目を見開いて、いいやつだなと笑うだけだった。

やさしい時間、穏《おだ》やかな会話。かつて得ようともがいて、そして諦《あきら》めたものはもうここにあって、希は静かに幸福だった。

嬉《うれ》しくて、だから多分、希は忘れていたのだ。

一瞬で消えてしまうミルクでできた王冠《おうかん》のように、やわらかい時間はあまりにも脆《もろ》く、あっけない終幕を迎えることを、誰よりも知っていたはずなのに。

＊　＊　＊

差出人のないクラフト封筒《ふうとう》は、ある日突然《とつぜん》ポストの中に投げ込まれていた。

予兆もないまま、このところずいぶんやわらかくなったという表情で希がそれを取り出したのは、テスト期間ということでバイトの方も休みを入れていた、その日の夕刻だった。

「……DM……かな？」

雪下希様、と定規でも使ったかのような嫌《いや》に角張った文字を見た瞬間、微《かす》かに引っかかるものは感じていた。それでも、軽く首を傾《かし》げる程度の違和感《いわかん》にしか感じ取れず、最近ようやく着慣れた気のする制服の上着を脱《ぬ》ぎながら、その封を切る。

「なにこれ……」

そして、うっかりとその中身を取り出してしまった瞬間に、希は血の気が引いていくのを感じた。

「……なに、こ……」

目を瞠《みは》り、手紙もなにもなく送られてきた、画像の不鮮明《ふせんめい》な写真をじっと見つめる。そこに写っているのは確かに、見覚えのある姿だった。

「……そ」

街灯の下、間近に見れば濃《こ》いグリーンの影《かげ》を帯びるロングコート。その広い背中に隠《かく》れるようにして、ギャルソンエプロンをつけている青年がいる。

その腕《うで》は、縋《すが》るようにコートの脇《わき》の辺りを握《にぎ》りしめ、なにかに耐《た》えているかのようで。

「うそ……」

呟《つぶや》いた自分の声がいやにはっきりと聞こえて、瞬《まばた》きを忘れた瞳《ひとみ》は開ききって痛む。

「――――……っ!!」

希は声にならない悲鳴を上げて、その写真を握りつぶす。混乱して、それ以上に怯《おび》えて、しかしまた信じられないとぐしゃぐしゃに丸まった写真をもう一度、おそるおそる眺《なが》めた。

手紙もない。メッセージのメモすらなく、ただ一葉の写真がそこにはあるだけだった。

しかし、希のささやかで真摯《しんし》な恋心を嘲笑《あざわら》うかのように、どうしようもないほどの悪意と作《さく》為《い》が、その印画紙にはこめられていた。

写真の投函《とうかん》は、その一回だけでは終わらなかった。

翌日も、その翌日も、一枚きりのそれを封筒に入れたものがポストに投げ入れられ、その執《しっ》拗《よう》さにぞっとしながら、希は日がなポストと部屋の往復を繰《く》り返していた。

玲二がもしも帰ってきてこれを見たらと思えば、居ても立ってもいられない。そんな状況《じょうきょう》では学校にも行けるわけもなく、またバイトも休むほかにできない。

『希、まだ風邪《かぜ》なおんないのか?』

めたようだった。

二日三日はそれで誤魔化《ごまか》せたが、さすがに一週間目を迎《むか》えれば、周囲もおかしいと思いはじめたようだった。

『なあそれ、風邪じゃないんじゃない？　病院いった？』

「い、いったよ、インフルエンザ、かもって……」

心配した塚本や、鷹藤たちからは電話が入り、しかしあまりに重苦しい、そしてわなわなと震《ふる》えるばかりの希の声に、仮病とは悟《さと》られないようだった。

三者面談の日程さえもすっぽかす羽目になり、いずれにしろ玲二も不在のままだ。担任からも確認の電話があったけれども、まるで精彩《せいさい》のないままいつ連絡《れんらく》をしても電話を取る希に、しまいには担任までが様子を見に行こうかと言い出したほどだった。

それはどうにか断っていれば、今度は塚本が店から電話をくれる。どうしてこんなに代わる代わる、心配してくれるのかわからないと思いながらも、だからこそ嘘《うそ》をつくのが苦しい。

『玲二さん、いないだろ？　俺、メシとか買っててあげようか？』

「だ、……大丈夫《だいじょうぶ》、出前取るから」

親切から提案してくれる彼を丁重に断ることさえもできず、声音はどこか素っ気なくなる。それでも、相手は訝《いぶか》った様子もなく、喋《しゃべ》るのがつらいのだろうと思ったようだ。

「ごめんね、……うん、じゃあ、皆《みな》によろしく」

ぼろが出ないうちにともかくも、と希は電話を切った。

そして、捨てきれないままのその盗《ぬす》み撮《ど》りの写真を眺《なが》め、泣きそうになる。

「……どこで、こんなの……」

写真は、初日に寄越《よこ》されたものからほんの少しずつ角度とズームを変えた、連写のものだった。おそらく、店の付近から狙《ねら》って撮ったものであろうけれども、あの辺りはビルも多く、また路上駐車《ちゅうしゃ》もしょっちゅうだ。やろうと思えばどこからだって盗撮《とうさつ》は可能だろう。

もうこれで七枚目になる。その間ずっと、相手が沈黙《ちんもく》しているのがいっそ、恐《おそ》ろしい。目的がわからないまま、それだけにあれこれと嫌な想像は膨《ふく》らんで、日増しにその闇《やみ》の色は濃《こ》く深くなり、希の精神状態を追い込んでいった。

「誰《だれ》が……？」

それ以上に気になるのは、高遠と希の接触《せっしょく》する僅《わず》かな時間を、なぜ知っている者がいるのかということなのだ。

接点が異様に少ないふたりの繋《つな》がりと言えば、「3・14」をおいてほかにない。まして、希が高遠に憧《あこが》れているのは、あの店ではもう皆が知っていることで。

（――……誰？　塚本？　青木さん……？）

内側にいるはずの人間を疑うことが、どれほど苦くまた不安なものであるかなど、知りたくはなかったと希は頭を抱《かか》え込んだ。

事態が事態なだけに、誰にも言うことができない。それ以前にこの写真が学校や、親元にでも送られてしまったら、いったいどうすればいいというのだ。

それ以上に、こんな厄介《やっかい》なことになったなどと、高遠が知ったら――――――……。

「……っ、う」

びくびく、と胃が痙攣《けいれん》を起こし、希は洗面所へ駆《か》け込んだ。ここ数日ろくなものを食べていないせいで、吐《は》き出すものも濃くなった胃液しかない。

胃酸に喉《のど》を焼かれ、咳《せ》き込んだ瞬間《しゅんかん》には涙《なみだ》が出た。

「……っく……う、ふ……っ」

吐くだけ吐いて冷たい床《ゆか》に蹲《うずくま》り、希はただ泣きじゃくる。

こんな状況に陥《おちい》ってから、高遠からの連絡の一切もないことが、恐怖心《きょうふしん》に拍車《はくしゃ》をかけていた。

元々高遠は電話が嫌《きら》いなようで、携帯《けいたい》電話さえ今時珍《めずら》しく持たない主義のようだった。店に行って会いでもしなければ、彼とは連絡をつける方法もなく、それもいつも向こうから声をかけてもらえるのを待っている状態だったのだ。

希から、会ってなどと言えなかった。また、想《おも》いを自覚してからというもの高遠は案外こまめにかまってくれて、店でも外でも本当に密に顔を合わせていたから、それだけで嬉《うれ》しくて、舞《ま》い上がっていたのだ。

そしてやはり、どれほどに彼の気配がやわらごうとも、こちらばかりが好きでいるような不安感からの臆病《おくびょう》さから、時間をくれとねだるような真似《まね》もできなかった。

そうして家に閉じこもって一週間。声さえも聞けない状態に、絶望ばかりが押し寄せてくる。

「……っぱり、や、……っぱり……っ」

ほらごらん、と誰かが希を笑っている気がする。

（……男の子じゃね、もうツブシきかないし）

ほらごらん。いらない子のくせに、一人前に誰かを好きになったりするから。

（嫌味《いやみ》な子ね……出ていきなさいよ！）

男の子はいらないって言ったのに、そのくせに、男の人なんか好きになるから。

（——……子供は、だから苦手だってのに）

やさしくしてもらえるなんて、思い上がったこと考えるから。

「や——……だ、ぁ…………っ」

うわんと嬌笑《きょうしょう》がこだまして、希は細い悲鳴をあげた。それは恐慌《きょうこう》のあまりの耳鳴りだったのかもしれないけれども、もう聞きたくないと耳を塞《ふさ》いでも、脳の中まで追いかけてくるようだった。

「……玲ちゃ……」

助けて、と言いかけてしかし、玲二がこのことを知ればもう、今までのようには接してもらえるのかどうか、希にはわからず、唇《くちびる》を噛《か》んだ。

「……かと、……さん……っ」

かすれ、震えてもう聞き取れないような声でそっと、高遠の名を呼んだ。本当は大声でその名を叫《さけ》び、泣いて縋《すが》りたいのはその人だったけれども、もうできないかもしれないと思う。

事態が露見《ろけん》して、たとえこの嫌がらせの犯人が捕《つか》まったとしても、それは取りも直さず高遠との別離《べつり》に繋がってしまうだろう。

未成年の同性に手を出したとなれば、決して外聞のいいものではない。まして高遠は、自分の名を売っていく仕事をしていて、希はと言えば——不登校児で、神経科の入院歴もあって、どうあっても褒《ほ》められたものではない。

誰がそんな恋愛《れんあい》、許してくれるというのだろう。

「ごめ……なさ……」

どうして、人と関わろうなんて思ったのだろう。玲二に誘《さそ》われても、あの店に行かなければよかった。高遠と出会ったり、しなければよかったのだ。

そうすれば、今こんなにも恐ろしい思いをしなくてよかったのにと考えながらも、心の奥では殺しきれない声が否定を叫ぶ。

こんなことになってもまだ、あの鋭《するど》い瞳《ひとみ》をした男のことを、希は諦《あきら》めきれないのだ。

出会って、傷ついて、それでも彼に恋《こい》をした自分を否定することだけは、どうしてもできなかった。だからこそ今、こんなにもつらい。

「高遠さ……ごめ、……ね……」

膝《ひざ》を抱え、胎児《たいじ》のように丸くなったまま希はがたがたと震え続ける。そうして、泣き疲《つか》れて気を失うように眠《ねむ》る他《ほか》に、身体《からだ》を休める方法を忘れてしまったように、真っ暗な闇に意識を手放したのだ。

そして、八日目の朝。げっそりとくまの浮《う》いた瞳を異様に血走らせた希がポストへと駆け寄れば、もう見慣れてしまった封筒《ふうとう》がまた投函されていた。

しかし、今日のそれはすこしばかりいつもよりかさばっている気がすると、この一週間でさらに細くなった指で摘《つま》み上げる。触《ふ》れた瞬間には嫌なものがそこから伝染《うつ》るのではないかという不愉快《ふゆかい》さがあって、これぱかりはどうしても慣れることがない。

一切の表情をなくしてしまった顔は、恐ろしく老《ふ》け込んで見える。元より大きな目が、痩《こ》けた頰《ほお》のせいでいっそう際《きわ》だち、それは病的に見開かれていた。

いっそもうここまで来れば、玲二がいなくてよかったと心底思う。柔和《にゅうわ》なようで聡《さと》い叔父《おじ》にはこの状態を見せられたものではない。

部屋に戻《もど》り、カーテンを閉めたままの部屋の中で封を切る。部屋の換気《かんき》もしないせいで空気は淀《よど》んでいたが、希はもうそんなことにさえも気づくことはできなかった。

「……………きた」

そうして、この日はじめて写真に添《そ》えられていた紙面に目を通し、どこかほっとしたようなかすれた声を発した。

『コノ写真を　ばラ　されたく　無ケレば　ゴじゅう万えん　用意シロ。』

おそらくは新聞切り抜《ぬ》きの文字を、わざわざパソコンで編集したのだろう。ドラマなどで良く見るような脅迫文《きょうはくぶん》の定番のそれを、無感動に希は眺めた。

「お金、欲しいんだ」

そのために、こんなことまでするんだ、と嗤《わら》いを漏《も》らせば、それは随分《ずいぶん》と歪《ゆが》んだ表情になった。

「五十万なんて、俺が持ってるかどうか、考えればいいのにな」

それともこれもまた、嫌がらせの一種だろうか。考えかけて、それでももうどうでもいいことだと希は吐息《といき》した。

一度きりで済むとも思わないし、実際そんな金額持ち合わせていない。しかし、どうにかすれば作れない額ではないあたりが姑息《こそく》にも思えた。

「バイト代……まだ使ってないし」

普段《ふだん》、小遣《こづか》いで持たされているそれも、無趣味《むしゅみ》のおかげで手つかずのまま貯金通帳に眠っているだろう。

『きょウの　午後十に時　ぱイの裏　駐車場《ちゅうしゃじょう》　に　持って　来イ』

「勝手なこと言うよねー……」

銀行が休みだったらどうするのだろう。第一、こんな手紙を寄越《よこ》して、希が家にいなかったことも考えていないのだろうか。

時計を見れば、九時を回っているから、もう銀行は開いているだろう。あるだけ下ろしてこよう、と奇妙《きみょう》に冷静なまま、さて取りあえずと希は立ち上がる。

「…………っ」

しかし、ここ数日まともな食事を摂《と》っていない上、ろくに眠らなかった身体は眩暈《めまい》を起こしてよろめいた。尋常《じんじょう》でない動悸《どうき》に息が苦しくなり、しばらくは床の上でぜいぜいと息を荒《あら》げる羽目になる。

そうして、取りあえずこれで終わってくれることを祈《いの》りながら、希と高遠の写った写真を一枚ずつ細かく破いてトイレに流した。

「……これだけ、取っておこうかなあ」

最後の一枚、たった今届いたばかりのそれは望遠レンズの精巧《せいこう》さを物語るかのようなアップの写真で、恥《は》ずかしげに目を閉じた自分の頬へ、高遠が口づけている瞬間《しゅんかん》を切り取っている。

「こんな顔、してるんだもん、なあ……」

きつく目を閉じていたから、見ることの叶《かな》わなかった高遠の表情はひどくやさしげで、目を開けている時にもこんな風に見つめてくれればいいのに、と埒《らち》もないことを希は思った。

もういずれにしろ彼に、会うこともできなくなるのだろうから。そんなささやかなことを思うくらいは、許してほしかった。

しばらくじっと、その残像を網膜《もうまく》に焼き付けるように希は写真を見つめ続けた。はたはたとその上に水滴《すいてき》が落ち、ばかみたいだなあと嗤う。

「諦めばっか、悪いんだから……」

微《かす》かに吐息混じりの笑《え》みを漏らして、希はその写真に手をかける。

印画紙が細かく千切れていく瞬間、自分の心さえも細切れに、破いて捨てた、そんな気がした。

＊　＊　＊

深夜、まだ営業中の「3・14」を横目に見ながら、こそこそと裏駐車場に回るのはかなりの神経を使った。

なにしろ十二時といえば、人通りは少なくなるものの営業時間のただ中だ。他の従業員や常連客に見つかれば、面倒《めんどう》なことこの上ない。

そう思いながら、目深《まぶか》にかぶったキャップを引き下げて電柱の陰《かげ》に希は隠《かく》れた。案の定、常連客と会話しながらの塚本が店の出口までお見送りに出てきたのだ。

「………っ」

いやに動悸が激しくなり、背中を冷ややかな汗《あせ》が伝う。自分の方が犯罪者にでもなったような気分だと思いながら、ジャンバーの裏ポケットにしまった封筒を押さえた。

「勘弁《かんべん》してもらえるかな……」

結局、先日のバイト代と今までの貯金を合わせても、二十万に満たなかった。半額にさえ手の届かないそれでは、相手は納得《なっとく》するかどうかもわからない。

それでもこれで精一杯《せいいっぱい》だ。カードローンを考えもしたが、不況《ふきょう》の折りにいくらノーチェックといったところで、未成年、しかも高校生では通るわけもない。どちらにしろ今日の今日で用意できるのは、これが限界だった。

ごくりと息を飲み、まちまちに車の止まっている駐車場まで希は歩いた。あまり挙動不審《ふしん》な行動を取って、誰《だれ》かに見咎《みとが》められてもことだからと、本当は駆《か》け出したいような内心を必死に堪《こら》える。

（どの辺りにいるんだろう……）

ビルとビルの狭間《はざま》、月極駐車場のさほど広くはない敷地《しきち》ではあるけれども、灯《あか》りは街灯のみの空間には障害物が点在し、どこからあの脅迫者が現れるのか、と希は緊張《きんちょう》した。そして、不意のビル風に揺《ゆ》れた看板の物音に、びくりと背を強《こわ》ばらせる。

とにかくこのお金を渡《わた》せば、と思ってきたけれども、ひとりで来てしまったことを後悔《こうかい》した。もともと、度胸がある方でもなんでもない。人より数倍は臆病《おくびょう》で、意気地《いくじ》もない。

それでも、逃《に》げるわけにはいかなかった。

せめて希ひとりが傷ついて済むことならそれでいいと、力ないままに思いつめて、だからここまで来れたのだ。

「まだ……かな」

時計を見れば、十二時をもう五分回っている。先ほどからずっと高ぶったままの神経に、自分の鼓動《こどう》がひどく響《ひび》いた。

そうして、落ちつけと胸をさすり、深呼吸をした瞬間。

「――あれ？　希、来たんだ」

聞き慣れた声がして、びくりと希は身体中を強ばらせた。どうしよう、と思いながら、背後から近づいてくるバイト仲間の足音を感じ取る。

「一週間もいなくてさ、心配したよ？」

「そ、……う」

「うん、店長も玲二さんもずっといないしさあ……」

どうにか、切り抜けなければと考えれば考えるほどに恐慌《きょうこう》はひどくなり、言葉が出なくなる。何度も唾《つば》を飲み込んで、振《ふ》り返り、取り繕《つくろ》うための笑顔を浮《う》かべて見せた希はしかし、次の瞬《しゅん》間凍《かんこお》り付いた。

「……やるなら、今だなって思ったんだよね」

「え――――……？」

にこやかに笑う彼は、制服を纏《まと》っていない。希と変わらないような、ブルゾンにジーンズ姿のまま、冷ややかな声を発した。

「持ってきた？」

「な……に？」

なにが、と希は目を瞠《みは》り、そうして信じられない事態に顔が笑いの形にひきつるのを知った。

「……写真、よく撮《と》れてたろ？」

ほら、と笑んだままの鈴木の手には、一葉の写真が摘《つま》まれていて、希は目の前が暗くなる。

「な、……んで？」

「金は？」

今にも崩《くず》れ落ちそうになる希を見つめて、鈴木は下卑《げび》た笑いを浮かべた。

（こんなこと……!!）

まさかの事態に、希はうわんと世界が歪《ゆが》むような感覚に陥《おちい》る。塚本ほどではなくとも、年齢《ねんれい》の近い鈴木はいつも気がよくて、店内ではそこそこ話もする相手だった。

しかし、その彼の目は、表情に反してぎらぎらと輝《かがや》き、濁《にご》った熱を発している。

「なんで？　す、……鈴木、どうして……!?」

哀《かな》しげに悲鳴を上げれば、しかし鈴木は不快げに長い髪《かみ》を掻《か》いた。そうして、べっと地面に唾《は》を吐く。

「……っあー……、ちょームカックなぁ」

「なん……っ」

「もうほんっと、おまえサイアク」

今までの人のよさげな表情をかなぐり捨て、鈴木はいきなり希の肩《かた》を小突《こづ》いた。

「出せよ、金。持ってんだろ？」

「……こ、れ……」

びくりと、その痛みと迫力《はくりょく》に怖《お》じけながら震《ふる》える希は、わななく指で封筒《ふうとう》を取り出す。億劫《おっくう》そうに煙草《たばこ》をくわえ、火をつけた鈴木は受け取った途端《とたん》顔を顰《しか》めた。

「……なんだこれ」

少ないじゃないか、と中身を取り出し、ざっと見ただけでも金額の足りないそれに目を吊《つ》り上げるさまが、恐《おそ》ろしいなどというものではない。

「てめ、ふざけてんのかよ……あの写真撒《ま》かれていいってか、ああ!?」

「ちがっ……でも、これだけ、しかっ」

襟首《えりくび》を摑《つか》まれ、目に触《ふ》れそうな位置で光る煙草の炎《ほのお》がちりちりと前髪《まえがみ》を焦《こ》がす。不愉快《ふゆかい》な、タンパク質の焼ける匂《にお》いが恐怖心《きょうふしん》を煽《あお》った。

「バッカ、なに甘ぇことほざいてんだよ、なけりゃ作れよ!」

そしてそれ以上に、鬼《おに》のような形相で迫《せま》る鈴木に、気を失いそうだと思う。がたがたと歯の根が合わなくなって、どうして、と希は内心で叫《さけ》んだ。

「二丁目までなんか行かなくたって、横須賀あたりならホモの米兵いんだろがよっ。ケツなんかどうせユルユルなってんだろが、ケチってねえで行って来いよ」

「な、ん……」

「おまえのツラならしゃぶるくらいでツェー万ってとこだろ?……なあ、ああ!? そうでなくたって、高遠の野郎《やろう》にでもケツ振って、小遣《こづか》いせびりゃいいだろ!」

「やっ……め、……!」

下品な笑いを浮かべたまま、強引に尻《しり》を摑まれた。そのまま、千切られるのではないかというほどに揉《も》まれて、痛いと希は身を捩《ねじ》る。

「……なに泣いてんだよ。泣けばすむのか? 玲ちゃぁん、って言ってみろほら」

「ひっ……」

どうしてここまで辱《はずかし》めを受けなくてはいけないのだと、希は屈辱《くつじょく》に駆られながら唇《くちびる》を嚙《か》みしめる。頬《ほお》の肉が歪むほどに指を食い込まされ、背けて逃げる顔を強引に上げさせられた。

「どう……して、こんな……？」

どうしてもわからない、と希は疑問を口にする。

ただの強請《ゆす》りにしては執拗《しつよう》で、しかも憎悪《ぞうお》を隠さない鈴木の真意が見えないまま、希は微《かす》かに首を振った。むしろ、この金額も用意できないことを見越《みこ》した上での要求だったのではないかと、朧気《おぼろげ》にそれだけは知れる。

「おまえがバカだからだよ」

しかし、哀《あわ》れな涙声《なみだごえ》を一蹴《いっしゅう》した鈴木は、嫌《いや》な風に唇を歪めて希の頬にかけた手の力を強めた。かっと見開かれた瞳《ひとみ》が異様な興奮にぎらついて、こんな顔だっただろうかと希はぼんやりと思う。

（顔……？）

そうして、店内での印象だけでなく、その目鼻立ちにどこかで覚えがあると悟《さと》った瞬間《しゅんかん》、おののきはいっそうひどくなった。

「……鈴木……って……！」

「ふん……」

ようやくわかったのか、と嘲《あざけ》った男は、そうして唐突《とうとつ》に希の頬を離し、そのまま突《つ》き飛ばした。よろけ、地面に尻をついた希の脚《あし》を容赦《ようしゃ》なく蹴《け》って、呻《うめ》いた瞬間には髪を鷲掴《わしづか》みにされる。

「遅《おそ》いにもほどがあるよな。……ったく、人の顔もろくに覚えらんねえで」

「ま、さか……っ、だって……！」

削《そ》げて、頬骨《ほおぼね》の目立つような輪郭《りんかく》に鷲鼻の横顔には、あの頃《ころ》の面影《おもかげ》もない。けれども、どこか斜《しゃ》に構えたような唇の歪ませ方と、あの当時はリーダーとして気を張っていたがゆえの強気で傲慢《ごうまん》な表情に、希はようやく気がついた。

「古森《こもり》……くん……？」

「────…ビーンゴ」

そうして、かすれきった声で、七年ぶりの名を呼んだ希に、鈴木──古森真人《まさと》は、にやりと笑った。

Ｕｎｂａｌａｎｃｅの最年長として、あの当時希と共に笑っていた面影はもう、荒《すさ》んだ気配にかき消されてしまっていることに、希は泣きたいような気分になってくる。

「なん、なんで……っ」

「なんでなんでってそればっか……訊《き》けば答えてくれるとでも思ってんのかよっ!!」

しかし、なぜ彼が。よけいにわからない、と顔を歪めてかぶりを振った希に、苛《いら》立ちが最高潮に達したような声で古森は叫ぶ。

「甘ったれてんじゃねえ、このオカマっ!!」

「────…っ！」

そうして再び脚を振り上げ、もう立つこともできない希の顔に目がけて靴《くつ》先をめり込ませようとした、その時だった。

「……………っぐあ！」

きつく目を瞑《つぶ》った希の代わりに悲鳴を上げたのは古森の方で、はっとして顔を上げればそこには、背の高いシルエットがある。

「た……？」

信じられない人物の登場に、呆然《ぼうぜん》と目を瞠っていれば、高遠に殴《なぐ》り飛ばされた古森が立ち上がった。そうして、ジーンズのポケットに手を入れた瞬間、反射的に希は叫ぶ。

「危ない……っ」

「――……わかってる」

そうして、意味不明の叫びをあげてナイフを振りかざした古森が突っ込んでくるのに、高遠は静かに言った。

「だから、そこ動くな」

「え……」

そうして、ふっと息をついた後、軽く腰《こし》を落として両手を構える。普段《ふだん》はひんやりとしている高遠の周囲の空気が一気に熱くなり、その広い背が倍にも膨《ふく》れ上がったように見え、希はどきりとした。

「……っにしやんだぁうらぁ!!」

「なに、じゃないだろうが」

空気を切る音がして、しかし高遠は静かに揺《ゆ》らいだように見えるのみだ。じたばたともがくように切りかかってくる古森の方はいっそ哀れにも思えるほどで、高遠の長い髪が揺れていなければ、彼自身はさほどに動いているようにも見えない。

「人に、喧嘩《けんか》を売るときは」

「ああっ⁉」

「――――…相手の力量くらいわきまえろ‼」

そして、ふっと膝《ひざ》を屈《かが》めた長身の彼が一瞬《いっしゅん》古森の視界から消え、ただ見つめていた希にもわけがわからないような速さで、高遠の拳《こぶし》が繰《く》り出される。

「がっ！」

「まだ倒《たお》れるな。……んん？」

腹にきつくめり込んだそれに、前傾《ぜんけい》で呻いた古森の襟《えり》を摑み、残酷《ざんこく》にも高遠はそれを立ち上がらせる。そうしておいてまた、えずいて吐瀉物《としゃ》を吐いた顔に目がけ、さらに拳を叩《たた》き込んだ。

「……やめ、て」

ごきり、と嫌な音がして、希は息を飲む。倒れかけた古森にまた蹴りをいれ、まるでサンドバッグのようにそれを殴り続ける高遠が、恐ろしかった。

「やめっ、……やめて、高遠さん！」

このままでは古森が死んでしまう、そう思った希は必死に駆《か》け寄り、高遠に後ろから飛びついた。

「死んじゃう、死んじゃうから！」

その必死の声と震《ふる》える腕《うで》に、高遠の動きが止まる。原型がわからないほどになった顔をさらした古森が、ようやくその凶器《きょうき》のような拳から解放されて、どさりと地面に転がった。

「おねが……たかと」

「――……おまえは、なにをやってるんだ！」

名を呼びかけた瞬間、背中越《ご》しに怒鳴《どな》られて身が竦《すく》む。ごめんなさい、と肩《かた》を震わせて反射的に謝れば、振《ふ》り向いた高遠の視線が痛い。

「なんでこんな場所までのこのこ来た！」

「……めんなさい」

怒鳴りながら強く肩を抱《だ》いてくる腕に満ちた怒《いか》りは、しかし希を怯《おび》えさせることはない。

「ごめんなさい、ひとりで……ちゃんと、するつもりで」

もう今は、なぜここに高遠がいるのかとか、そんな疑問もわからないまま、しがみついた胸に涙《なみだ》と言葉を零《こぼ》すしかできなかった。

「めーわく……かけっ、かけたくなか……っ」

「バカが……！」

憤懣《ふんまん》やる方ない、といった風に怒られて、それでも希は嬉《うれ》しかった。高遠の体温を感じられる場所に、このままずっとこうしていられるなら、どんなに怒られてもかまわないと思った。

けれども。

「……まあ、そんなとこにしといて、信符」

飄々《ひょうひょう》とした、しかし冷たい声にはっと顔を上げれば、なんとも言えない表情の義一と玲二が立っている。

「うちの甥《おい》っ子《こ》、繊細《せんさい》だから」

「れ……ちゃん？」

どうして、と濡《ぬ》れた瞳を愕然《がくぜん》と見開けば、玲二は肩を竦めてみせた。そうして、つかつかと歩み寄り、高遠にしがみついたままの希を腕の中に抱きしめる。

「ごめんね。……古森がこう動くとは思わなかった」

「な……？」

そうして、後悔《こうかい》に満ちた声で謝ってくる叔父《おじ》に、わけがわからないと目を瞠《みは》っていれば、義一ののやのんびりとした声が聞こえてくる。

「おーい、信符……おまえやりすぎだこりゃ」

「……死なない程度にしてある」

「にしたって……おい、おーい、起きろ？……よっ」

ぺしぺしと腫《は》れ上がった頬《ほお》を叩いていた義一は、ぐったりと倒れ伏《ふ》している古森の背を抱《かか》え上げ、両肩《りょうかた》を摑《つか》んで背中に気を入れた。

「……う、う……？」

「おー、目が覚めたな。んじゃあ、ちょっと話聞こうか」

なにがどうなっているんだ、と玲二に抱きつかれたまま成り行きを見守っていた希は、こんな局面で穏《おだ》やかなままの表情でいる店長が、この場の誰《だれ》よりも恐《おそ》ろしく感じられる。

「ここじゃなんだから……茶でも飲むか？」

そうして、意識を戻《もど》した古森もそれは同じことだったらしく、にこやかに覗《のぞ》き込んでくる義一の前で、尻《しり》をついたまま後じさった。しかしその先には、冷ややかに古森を見下ろす高遠がたたずんでおり、観念したように息をつく。

「それでゆっくり、話でもしよう」

上で、と義一が指さした先には、「3・14」のビルがある。やわらかに笑《え》んだ表情の奥、瞳《ひとみ》の色に飲まれたように、古森はがくりとうなだれた。

＊　＊　＊

状況《じょうきょう》のわからないまま、はじめて踏《ふ》み入れた義一のオフィスは整然としていた。そうして、玲二のマンションでも見かけたパソコンの類《たぐい》がさらにものものしく存在することに、なぜか気《け》圧《お》されたような気分を味わう。

古森はもう観念しきったように、部屋の隅《すみ》でぐったりとうなだれていた。

「……鈴木真人、旧姓《きゅうせい》古森、か……」

玲二、義一、そして高遠が、各々のスタンスでその彼を取り囲んでいるため、もう逃《に》げる気も失《う》せているのだろう。

「やってくれたよ。完全にぼくのミスだ」

「なにしろ履歴書《りれきしょ》はホンモノだからな」

希は少し離《はな》れた場所で、オフィス用の椅子《いす》に腰掛《こしか》けさせられ、玲二が先ほど淹《い》れてくれたココアを啜《すす》った。

「まあここまでやるとは思わなかったが……大した執念《しゅうねん》だ」

資料を眺《なが》めつつ呟《つぶや》き、店長室にあるものよりも数倍質の良さそうなデスクに腰掛けた義一は、あの日見たように長い脚《あし》を机の上に投げ出している。しかし玲二は、今日はそれを咎《とが》めることもしない。

「現Unbalanceのメンバーに対しても、盗撮《とうさつ》と嫌《いや》がらせか？　写真が得意らしいな」

尋問《じんもん》めいた会話の中で悟《さと》ったが、このところの玲二の不在はどうやら、古森がしかけた種々の嫌がらせやストーカー行為《こうい》に対しての調査、及《およ》び対処をUnbalanceの事務所から依《い》頼《らい》されたのが元だったようだ。ドーム公演を成功させるほどの彼女らの盗撮騒《さわ》ぎなどが表沙汰《おもてざた》になってはまずいと、警察やマスコミには伏せていたらしい。

（やっぱり、探偵《たんてい》って本当だったんだ……）

普段《ふだん》のやわらかな表情を消し去った玲二と義一の厳しい横顔に、希はどこかしら現実味を欠いたままぼんやりと成り行きを見ているしかできなかった。

「それから、希の前にも、志賀《しが》弘毅《こうき》くんに、恐喝《きょうかつ》を働いてるな」

「……志賀、って」

懐《なつ》かしい名前に希が顔を上げれば、ちょうど視線を上げた古森のそれとぶつかる。だが先ほどとは違《ちが》い、逸《そ》らしたのは彼の方が先だった。

今名前の挙がった志賀弘毅も、Ｕｎｂａｌａｎｃｅのメンバーだった。あの当時、同時に首を切られた面子《メンツ》のひとりでもある。希より二つ年上で、小柄《こがら》だが活発な少年だったと記憶《きおく》している。

「……警察呼ぶなら早くしろよ」

淡々《たんたん》とした声の義一に対し、居直ったようにせせら笑った古森は腫れ上がった唇《くちびる》に顔を顰《しか》める。

「その前に訊《き》きたいことがあってね」

ゆったりとした動作で煙草《たばこ》を吸い付けた義一は、手元の資料を机に投げた。

「こう言ってはなんだが、現在芸能活動を続けているＵｎｂａｌａｎｃｅの彼女らに対しては、まだ動機が理解できないでもない。逆恨《さかうら》みというのは、案外に犯罪に結びつきやすいからな」

「……るせえよ」

ゆっくりと、だらしなく投げ出していた脚を書類の代わりに引き上げ、義一が立ち上がった瞬間《しゅんかん》、古森はいらいらと爪《つめ》を噛《か》んだ。

「だが、希の場合の動機はなんだ？　実家が資産家の志賀くんはともかく、希に関してはただの高校生だ。金をせびるにしたって、やるなら高遠の方が適当なんじゃないのか？」

静かに感情の見えない声で問う義一のそれに、希もはっと目を見張る。内心の形にならない疑問が指摘《してき》された気がした。

「Ｕｎｂａｌａｎｃｅだけがターゲットだったうちは、通常の恐喝かストーキングかと思われたんだ。しかし、そちらのつてから志賀くんの話を聞いて、妙《みょう》だと俺は思った」

実際、たかがバイトしているだけの高校生の希よりも、一応はプロのミュージシャンである高遠に狙《ねら》いをつける方が、本来は金銭は引き出しやすいだろう。そして志賀にしても、いくら実家が裕福《ゆうふく》とはいえ、今は普通《ふつう》の大学生だという。それで親に話せないネタやなにかで強請《ゆすり》をかければ、手に入れられる額はたかが知れている。

「となると、動機は怨恨《えんこん》か、とな。そしてこの、一見関係ない、アイドルグループと大学生の共通項《こう》があるとすれば」

そうして、義一はちらりと希を見やり、大丈夫《だいじょうぶ》かというような視線を投げてくる。ごくりと喉《のど》を鳴らして頷《うなず》けば、広い肩を上下させた彼は少し疲《つか》れたように吐息《といき》した。

「まあそれで、おまえさんに目を付けたわけだが……しかし、現在活躍《かつやく》中の彼女らはともかく、志賀くんと希を狙ったのはなぜだ？　彼らはいわば、同じ境遇《きょうぐう》で、恨《うら》む対象とは思えない」

「――同じなもんかよっ!!」

そうして、一歩一歩近づきながらその気配で圧迫感《あっぱくかん》を与《あた》える義一に噛みつくように彼は叫《さけ》んだ。

「むかつくんだよ、志賀も雪下も!!　呑気《のんき》にへらへらしやがって、フツーの人生今さら送りやがって！」

「古森くん……」

「もうあの頃《ころ》のことなんか関係ありませんって顔で、平和にぼけーっとして!!」

ふざけんじゃねえ、と吐《は》き捨てる彼がどこか痛ましく、そっと名を呟いた希は立ち上がる。

「……高校は退学か」

しかし、義一の放った資料を手にした高遠の声に、それ以上動くことは阻《はば》まれた。

「うっせえっ」

「アイドル引退の後、三年後に両親が離婚《りこん》。その後は父親と泥沼《どろぬま》の家庭内暴力か。その後傷害事件を起こして高校も。……絵に描《か》いたような不幸だな、古森。今時見事なドロップアウトだ」

そうして、義一よりも遥《はる》かに低く冷たい声で読み上げられた古森の「履歴」は、本当に悲惨《ひさん》なものがあった。

あのグループから、希は変声期を理由に首を切られたのだが、実際の理由はそれだけではなかったと、その調書には記載《きさい》されていた。

当時、むしろ少女ユニットの方が売れるからとか、大手少年アイドル事務所からの圧力をかけられたとか、さまざまな理由で少年たちはまとめてお払《はら》い箱《ばこ》にされたのだ。

「……高遠さん、もう」

希には、その事実は自分に降りかかるだけにつらい。自分自身、あの頃の痛みを思い出せば古森をもう恨むこともできず、希は声をつまらせる。

そして荒《すさ》んだ家庭環境《かんきょう》も相まってずるずると足を踏み外していったらしい彼は、ただ惨《みじ》めだとしか思えないから、哀《かな》しくなった。

希にはそれでもまだ、玲二という受け皿が存在した。それがなければ今頃《いまごろ》、本当に壊《こわ》れたままでいたかもしれないのだ。

「も、……やめて」

「それで今は、借金持ちらしいな。カード破産か。ここまで来るといっそ立派だ」

「お願いだから、もうっ」

それ以上に、誰かを追いつめる高遠の声を聞きたくないと耳を塞《ふさ》いで、かぶりを振《ふ》る。しかしそんな希に、古森はさらに目を吊《つ》り上げた。

「てめーは黙《だま》ってろよ!! 同情なんかされたくねぇよ!!」

感情のこもらない声で暴露《ばくろ》される己《おのれ》の過去に、次第に青ざめながら古森は唇をわななかせたが、それ以上に希の哀しげな声にこそ苛立《いらだ》ったようだった。

「大体うっせえよ、なに人のこと調べあげてんだよっ、ナニサマだてめえは!!」

しかし、その怒声《どせい》に対しても微《かす》かに笑った高遠が恐《おそ》ろしく、希は息を飲み、古森は上擦《うわず》った声でがなりたてる。

「人の都合でゴミみてえに捨てられて、どいつもこいつも! 手のひら返してお払い箱にされて、そんな気持ちわかるわけねえだろ、てめえに!!」

叫びは、希の胸には哀しい。そしてその気持ちは希も同じだったのに、どうしてとやはり思う。きっと、解《わか》りあえるはずだったのに、古森と自分は。それなのにどうしてこんな、傷つけるものと追いつめられるものに分かれてしまったのだろう。

「……わかるよ?」

そして本当に、傷ついているのはどちらなのだろう?

「わかるわけねえだろ!! おまえはまだいいだろうよ、まだガキで、ガッコだってなんだってそのまま行きゃあどんだけだって取り返せただろうが！」

当時も既《すで》に十五歳と、グループリーダーであるがゆえに年長の方だった古森は、希以上にツブシの利《き》かない自分に困り果てたという。

「中卒で、親にも捨てられて、それで俺がどんだけ苦労したかなんか、わかんねんだろ!?　親《しん》戚《せき》のツテで呑気に遊んで、それで浮《う》かれてっからこんな目にあうんだろうが!?」

「……古森くん……」

荒んだ顔で睨《にら》み付けてきた古森に、あの頃の若々しい魅力《みりょく》はかけらもなく、希はただ哀しい。

同時に、他人からはこんな自分でも楽しげに見えるのかと不思議にも感じた。

しかし、その古森の激昂《げっこう》の一切を取り合わず、あの色の浅い瞳《ひとみ》をすうっと眇《すが》めた高遠は切って捨てるように告げた。

「クズは黙れ」

その凍《こお》るような声に、希の方が震《ふる》え上がり、古森は逆上する。

「なん……っ、てめ、立場わかって言ってんのか!?」

「やめ……！」

そうして、懐《ふところ》に入れたままの写真を取り出して見せる古森に希は血の気が引く。あんなものを玲二と義一の前で、と焦《あせ》ったけれど、高遠は意にも介《かい》さず、呆《あき》れ返ったように眺めた。

「立場がなんだ。希のことか？　脅《おど》しにもなるかあんなもの」

「な、に……？」

吐息混じりのそれに目を瞠《みは》ったのは希も同じで、もう一度吐息した高遠はふっと視線を巡《めぐ》らせる。

「希」

「は、はい」

来い、と顎《あご》をしゃくられて、おずおずと玲二たちを窺《うかが》ってしまうと、彼らはまた別の意味で呆れたように吐息した。

「ちょっとさー……信符、だからうちの甥《おい》、人一倍繊細《せんさい》なんだって」

「確かに、あんたにゃ似てないな」

勘弁《かんべん》してよと細い指で顔を覆《おお》った玲二は、この先の展開が読めているとでも言うように背を向けた。義一はその横で、面白《おもしろ》そうに笑うばかりだ。

「あの……？　あ、え、わ!?」

どうすればいいのかと立ち竦《すく》む希に焦《じ》れたように、長い脚《あし》で大股《おおまた》に近づいた高遠はその細い腕《うで》を取り、強引に引き寄せる。

「なに、ちょ、う……っ!?」

顎を長い指に摑《つか》まれて、上を向けば高遠の端整《たんせい》な顔が近づいた。まさかとも思えないうちに、そして唇《くちびる》は重なってくる。

「んん!?」

（……うそ……!?）

そうして、呆然《ぼうぜん》とする古森の前で、冗談《じょうだん》では済まない口づけをされ、希は頭が真っ白になった。

「んーっ、んう、……ん！」

唇を噛まれて、暴れて抗議《こうぎ》しようと開いた隙間《すきま》に舌を忍《しの》ばされ、さんざんに、吸われて。

「そういうわけだ。……もう保護者も知ってる」

「……っふ、は……っ、は……」

高遠が濡《ぬ》れた唇を舐《な》めながらそう告げる頃には、酸欠とショックに顔が赤らんだままの希は、息も絶え絶えだった。

「だからって身内の目の前でする⁉　ああもう‼　だから直球の男ってやだ‼」

呻《うめ》いた玲二はさすがにいらいらと、それでも背を向けて怒鳴《どな》ったが、その言葉は希も、そして古森も同意見だっただろう。目も口も開ききったまま、ぽかんと言葉も失っている。

「いやー、おまえ結構。速攻《そっこう》なんだなあ」

「……あんたが知らないだけだろ」

この場でただひとり、成り行きを面白がっているような義一だけがのほほんと、感心したような声を漏《も》らした。高遠は気のない声でそれを切り捨て、希はといえばもう、いっそここで気を失ってしまいたいと目を回して、離《はな》す様子もない高遠の胸に抱《だ》かれたままだ。

（なにがどうなってんの……）

「なに義一っちゃん呑気なの、大体さあっ、信符は安全牌《あんぜんぱい》だと思ってるから預けたのにもう……昨日いきなり『もう食った』とか言われてぼくがどういう気持ちでいるかとかさあ‼」

冗談じゃないよと声を荒《あら》げた玲二自身、まださささかの混乱があるようだった。

「鈴木が古森だってわかったのも昨日で、そんじゃ希がやばいからつって戻《もど》ろうって言ってる最中にだよ⁉」

ツアー中のＵｎｂａｌａｎｃｅと志賀からの依頼《いらい》で、調査に当たって延々寝《ね》ていないという玲二はさすがにグロッキーな表情で珍《めずら》しく怒鳴ったが、義一はあっさり切って捨てる。

「だからおまえは基本がなっちゃないんだよ、ツメも甘いし」

「それとコレとは今関係ないしっ！　ああもう……だまされたっ」

ああ、と嘆《なげ》いた玲二が八つ当たるように壁《かべ》を叩《たた》いて、希はどうしようと思う。

「…………あんたらは人をバカにしてんのかっ⁉」

しかし、それ以上に面食らっていたのは古森のようで、その壁を叩く音にはっとしたように彼は口を開いた。

「冗談言ってるくらいなら、帰せよ‼　ざけんな‼」

「ふざけてんのはおまえだ」

しかし、その枯《か》れた怒鳴り声にまた高遠のしんと冷えた声が被《かぶ》さる。

「状況《じょうきょう》が悲惨《ひさん》なのが自分だけだとでも思ってんのか？」

「てめーになにがっ………俺の、俺がどんなにっ」

「――――…甘えるな」

そうして、上擦った叫《さけ》びを吹《ふ》き飛ばすような声で怒鳴り、希も古森もひっと息を飲んだ。

「勝手に挫折《ざせつ》だのなんだのほざいて、自分じゃなにも努力しないくせに全部オトナのせいにして、あげくに昔の仲間に八つ当たりか」

「な………っ」

だからガキはろくでもない、と瞳の色を金に染めた高遠は吐《は》き捨てた。

「そんなに物事の道理がわかってるってんなら、てめえひとりで生きてろ。つっぱったふりしたってなにひとつまともにできないだけのクズが、他人に迷惑《めいわく》かけるんじゃねえよ‼」

「………かと、さん」

それはあまりに厳しい、と希は首を振《ふ》る。

「できない、んだよ？………がんばっても、できないこと、あるよ？」

唇を噛《か》んだまま言葉を発しない古森の代わりのように、希はとつとつと言葉を探した。その希に、苛立《いらだ》ちを隠《かく》せないままの高遠は険のある視線を向ける。

高遠の、古森を切って捨てた台詞《せりふ》は正論だが、勝者の理屈《りくつ》にも希には思えた。

「………なにが言いたい」

弱くて。

「俺、も。……俺も、弱いから、……高遠さんみたいに、強くないから」

努力したくても、それすらもできずにそんな自分にまた、哀《かな》しく震えるしかできない、そんな人種もいると、どうしてか今言いたかったから、真《ま》っ直《す》ぐに受け止め、希は震える唇を開いた。

「……………ふざけんな」

そうして、返ってきたのはそんな呆れ返ったような一言で、抱かれていた肩《かた》を突《つ》き放され、希はずきりと胸を痛める。

「ごめ、……なさ、でもっ」

「もういい」

そうして、吐息《といき》混じりに背を向けられればそれ以上を言えず、伸《の》ばしかけた腕を力なく下ろして拳《こぶし》を作る。

「東埜さん、後は勝手にしてくれ」

「……しーのぶ。大人げない」

「んなこた、あんたらが一番知ってることだろう」

背中越《ご》し吐き捨てるように告げ、事務所を後にした高遠を呆然と見送りながら、希は自分の肩が小刻みに震えるのを感じた。

「……希？」

その間中、一言も口を挟《はさ》まなかった玲二が、ふわりと背中から抱きしめてくる。

「……しょう、玲、ちゃ……どう……っ」

「のーぞーむ」

「おこ、怒《おこ》らせちゃっ……俺、高遠さ……」

嫌《きら》われたかもしれない、と、ただ甘やかすように腕に囲って身体《からだ》を揺《ゆ》らしてくる玲二に、堪《こら》えきれない涙《なみだ》が零《こぼ》れていく。

「ぼくもまだ複雑なんだけどもねえ……」

ふう、と吐息しつつの玲二は、やさしく守っていた腕をほどいて、背中を軽く押してきた。

「信符は、誰《だれ》よりも挫折は知ってるし、だから厳しいし。……情緒《じょうちょ》は足りないし」

おまけに手だけは早かった、と苦笑して、そのまま戸惑《とまど》う希をドアまで導く。

「でもいいやつだよ。……本当にね」

「……玲ちゃん？」

「しょうがない。希がこんなんじゃあね」

「いい……の？」

許してくれるの、と濡れた頰《ほお》を拭《ぬぐ》われながら問えば、肩を竦めた玲二は「人になにか偉《えら》そうに言えるような人間じゃないよ」と笑った。

「信符じゃあるまいし、柄《がら》でもないし」

その笑《え》みは、学校には行きたくないとだだを捏《こ》ねた日のやわらかな不干渉《ふかんしょう》と同じ色をしていて、希はまた泣きたくなってくる。

それでも立ち竦む希に、義一の相変わらずのんびりとした声がかけられ、玲二はなぜか肩を怒《いか》らせた。

「まあ、罪悪感があるってんならひとつ、俺から」

「……義一っちゃんっ、ちょっとあんたなに」

言うなと、焦《あせ》ったように振り返った玲二に取り合わず、視線を合わせないままの義一はぷかりと、輪になった煙《けむり》を吐き出す。

「おまえの今使ってるベッド、俺も寝たことあるから」

「は…………？」

「もういいからっ、行きなさい希！　信符、足早いんだからっ」

「あの、玲ちゃ、……店長？」

ほら、と慌《あわ》てて背中を押した玲二に事務所を追い出され、目を丸くしたままの希は目の前で焦ったように閉じられたドアを見つめる。

そして仕方なく、地上へ下りるエレベーターに乗り込み、落下する瞬間《しゅんかん》のGを感じながら呆《ぼ》けたままの思考を巡《めぐ》らせた。

（……俺のベッドって）

かつては玲二が使っていたもので、セミダブルのあれは、やや古いけれどもスプリングもしっかりしているし、上等なものだ。ずいぶんと大きくて、寝心地《ねごこち》がいい。

それは確かに、もうひとり大柄《おおがら》な男が寝たところで充分《じゅうぶん》に、間に合う程度には――……。

「…………ぅえええええ!?」

そして一気に赤面した希が、狭《せま》い箱の中で奇声《きせい》を発したと同時に、事務所内からも誰かの怒《ど》声《せい》が響《ひび》きわたっていた。

＊　＊　＊

面食らいつつもビルの外に出れば、もう「3・14」の看板はしまわれ、店の入り口も施錠《せじょう》されていた。青白く夜が明け、白い月がぽかりとその中に寂《さび》しく浮《う》かんでいる。

もう高遠は去ってしまっただろうかと、人気のない周囲を見渡《みわた》して希は細い肩を落とす。そうして、今さら事務所にも戻《もど》れず途方《とほう》に暮れながらも、家に帰るしかないだろうかと歩き出せば、俯《うつむ》いていた視界にふわりと煙が漂《ただよ》った。

「………っ」

はっとして振り返れば、路上駐車《ちゅうしゃ》されている車のボンネットに腰掛《こしか》け、不機嫌《ふきげん》そうに煙草《たばこ》をふかす高遠がいる。

「電車、まだないぞ」

「高遠さ……」

名を呼ぶ以上にはもう言葉が探せず、駆《か》け寄った希はその広い胸に飛び込んだ。

「どこ行くんだおまえは。ふらふらしやがって」

「ごめんなさ、ごめんなさい、ごめ………っ」

軽く希の頭を小突《こづ》いてくる拳に、先ほどは気づけなかった傷がある。古森を殴《なぐ》った痕《あと》だろう、血がまだ滲《にじ》んでいる。大事な指なのに、関節にはひどい擦過傷《さっかしょう》があって、希はそれを一回りも小さな自分の手で包み込んだ。

しかし、そうっと傷に触《さわ》らないようにと撫《な》でさする希を放ったまま、高遠は不機嫌に煙草をふかすばかりだ。怒っているのはその気配からも表情からも明白で、俯いたままだんだん希はいたたまれなくなっていく。

（怒ってる……）

許してはくれないのか、と涙目になりつつ、それも当然かと思った希がしょんぼりと肩を落とし、どうすればいいだろうと逡巡《しゅんじゅん》していると、空に向かって煙を勢いよく吐《は》いた高遠がぽつりと呟《つぶや》く。

「機嫌をとるつもりなら、もうちょっと色気のあるやり方にしろ」

「……え？」

告げられたそれに、どういう意味だろうと目を丸くすれば、吸い終えた煙草を足先でにじった高遠が、じっと見下ろしてくる。そうして、きつい煙草の香《かお》りが染《し》み込んだ指で唇《くちびる》をなぞられ、びくりと震《ふる》えた後に希は赤くなった。

（キス、すんの……？）

しかも自分から。恥《は》ずかしいやら、したことがないやらでどぎまぎし、また勘違《かんちが》いだったらどうしようと思いながら、そっと伸び上がって顔を近づける。

高遠のように上手くはできなくて、おそろしくぎこちないそれだったけれども、合格点はもらえたようだ。その幼い口づけに免《めん》じて許すというように、高遠は長い腕《うで》で肩を抱《だ》いてくる。

「……そうしょっちゅう、謝るな」

「ご、……はい」

希は頭に顎《あご》を載《の》せられたまま、高遠のこぼすため息が自分の髪《かみ》をくすぐるのを感じた。

「……大体わざわざ助けてやったのに、他の男に肩入《かたい》れすることはないだろうが」

「は……え？」

そしてふてくされたような言葉と同時に素早《すばや》く口づけられ、希は目を丸くした後赤くなるしかない。きつく抱かれて息が詰《つ》まりそうで、それでも嬉《うれ》しい。肌《はだ》が痛いほどに身体中が喜んでしまって、きゅうきゅうと胸が締《し》め付けられる。

（やっぱり、すきだ）

乱暴に頭を抱《かか》え込まれて、咎《とが》めるような言葉を告げられて、それでも、高遠だから。そんな眩暈《めまい》のするような幸福感に酔《よ》っていれば、しかし高遠は苦い声を発した。

「……なんで俺に言わなかった」

主語のない唐突《とうとつ》な言葉でも、それが古森による脅迫《きょうはく》のことだと希にはわかる。

「迷惑《めいわく》ってなんなんだ。……おまえ、相手もわからないままあんなとこに出ていって、殺されでもしたらどうする気だった」

こんなに痩《や》せた、とただでさえ薄《うす》かった腰回《こしまわ》りを抱き、痩《こ》けた頬を撫でられた。指先には慈《いつく》しむような熱があって、希は触《ふ》れられた先から肌が痺《しび》れ、なにもわからなくなっていく。

「そんなの……考えてなかった、から」

少し疲《つか》れたような吐息《といき》混じりの声を希の髪に埋《うず》めて、高遠が叱《しか》ってくる現実がまだどこか信じられないまま、希は口を開く。

「ただ、もう、……こんなのだめだって、俺なんかのことで高遠さん、煩《わずら》わせたくなくて」

言いながら、この一週間の絶望がこみ上げて目の前が霞《かす》んでくる。そして、目の前のことで精一杯《せいいっぱい》だったもうひとつの痛みが胸を突《つ》き刺《さ》せば、涙《なみだ》も言葉も堪えきれなかった。

「こん、こんなので騒《さわ》ぎとかになったらもう、ぜった……会ってくんな、いって」

「……希」

「め、面倒《めんどう》なんでしょう……？　俺、そんななのに、もう、あ、……遊んでももらえないのは」

「おい？」

しゃくり上げながら言葉を紡《つむ》いでいた希の肩《かた》を摑《つか》んで、高遠は顔を覗《のぞ》き込んでくる。

「ちょっと待て、希。……おまえその遊ぶって、どういう意味だ」

問われて、希はさらに哀《かな》しくなる。言わなければいけないのかと恨《うら》みがましく涙目で睨《にら》めば、嘘《うそ》だろうと高遠は吐息した。

「あー……。おまえあのまま、真に受けてるのか」

なんのことだと希がそのまま首を傾《かし》げれば、ちくしょう勘弁《かんべん》しろと高遠はうめく。

「ほんとに……だから子供は苦手だっていうのに」

心底参ったというように吐息され、びくりと肩を震わせれば、しかし高遠の腕は言葉と裏腹に強くなる。いいから聞けと、少し乱暴に胸に抱えられ、希はただ頷《うなず》く。

「――……いいか。俺は、言葉は、うまくない」

そして、ひとつひとつ言い聞かせるように言葉を区切って、希へと囁《ささや》いてきた。

「それでも、欲しいものがあるなら言えばいいし、苦手だが、努力する」

「高遠さん……？」

顔を上げようとすれば強い指にしっかり頭を固定されて、身動きがとれない。それでもきつく押し当てられた胸からの鼓動《こどう》と深みのある声が耳に直接響いて、そのいずれもがどこか、不得手だと物語るように揺《ゆ》れているのはなぜだろう。

「だから。………そのために、わかりやすい言葉が欲しいなら、そう、言ってみろ」

「それ………それってっ」

弾《はじ》かれたように顔を上げれば、高遠は負けたというように苦笑していて、その瞳《ひとみ》は決して冷たい色を浮かべてはいない。あの日、ホテル街の前で見つけたような冷めた目線でも、その後のただいたぶり面白《おもしろ》がるようなものとも違《ちが》う。

訊《き》いても、いいのだろうか。後で胸が潰《つぶ》れて、立ち直れないような思いをすることはないだろうか。

「………いい、の？」

怯《おび》えながらしかし、震えた声で問うそれに高遠は頷くから、希は渇《かわ》いた喉《のど》を何度も嚥下《えんか》させ、ようやく唇を開きかけたのだが。

「………やっ！」

そろりと脇《わき》に回された腕が、この一週間でさらに痩せた身体《からだ》を確かめるように這《は》うから、びくりと身体が強《こわ》ばってしまう。ジャンバーの下は春物の薄いトレーナーだけで、その上を撫でた大きな手のひらは鼓動の早さを確かめるように胸の上で止まった。

「早く、言え」

「ひど……」

やっぱり意地が悪いと思う。どんどん速くなる脈を確かめるように首筋にも手を当てて、あげくには胸の上の指は、だんだん怪《あや》しげな動きを見せはじめた。

高遠の指を意識した胸の上の小さな隆起《りゅうき》は、トレーナーの下で固く尖《とが》って疼《うず》いている。その形を確かめて、何度もその上を撫でたりする指先は、どうしようもなく悪いと思う。けれども、その悪い手の持ち主に、どうしようもなく骨抜《ほねぬ》きだから、結局希は素直になるしかないのだ。

「お、れのこと……どう思ってる……？」

先ほどとは違《ちが》う意味で濡《ぬ》れた瞳を瞬《また》かせ、あなたの言葉で教えてと、縋《すが》る視線で訴《うった》えれば、高遠は困ったように笑った。

「……取りあえず、これだけ手間暇《てまひま》かけて遊ぶっていうなら、俺はよほどの酔狂《すいきょう》だな」

はぐらかすようなその返答にも、じりじりと肌をあぶるような愛撫《あいぶ》にも、希は泣きたくなってくる。

「もっと、わかりやすくっ……」

「わかりやすく？……たとえば？」

「っや……いじ、わるっ……」

ついには衣服の中に手のひらをくぐらされ、敏感《びんかん》な乳首を指先に弄《もてあそ》ばれて、言葉を逸《そ》らされて、歯がゆいような思いがする。それでも、じっと見つめてくる視線の中に、蔑《さげす》みはない。

「俺っ……子供なんだから……っ」

ちゃんとわかりやすい言葉で教えて。陳腐《ちんぷ》だと思うかもしれないけれど、怯えやすい身体はまだ未熟だから、甘い言葉で騙《だま》して、それから触れてほしいのは我《わ》が儘《まま》だろうか。

「すきって……言って……！」

ついにはしゃくり上げながらそうねだると、高遠はふっと吐息した。

「本当に……だから子供は苦手だ」

「言えってば……！」

面倒そうに言いながら、そのくせ笑う。喉奥《のどおく》にくぐもる独特のそれが、仕方ないと白旗を上げたことを教えてくる。

「希。……好きだ、かわいい」

「──────……っ」

聞いたこともないような甘い声に、耳朶《みみたぶ》への口づけというオプション付きの告白は、希の身体を一気に赤く染めた。そうして、痛いほどの抱擁《ほうよう》に首を反らせば、高遠の長い髪から覗く耳が僅《わず》かに赤いことに気づかされる。

「なんで、赤い……の？」

「……指摘《してき》すんな」

大人はこういう方が恥ずかしいんだと、憮然《ぶぜん》として言うから可笑《おか》しくなる。ぎゅっと抱きしめてくる大人な彼の、触れあった広い胸から伝わる鼓動は確かに速い。

照れている高遠が、それでもかっこいいと思うけれども、どこか可愛《かわい》いとさえ感じた。

「まったく……」

そうして思わず笑《え》み零《こぼ》せば、だから子供は嫌《きら》いだと言いながらも、高遠はその手を緩《ゆる》めることはなかった。

「笑ってる場合か、おまえ」

「うん、……嬉しい」

意地悪で素直ではなくて、それでも嘘だけはつかない高遠の言葉だから、嬉しくて仕方がない。笑ったままの唇《くちびる》に、黙《だま》れと言うように噛《か》みつかれて少し痛くて、それ以上に感じた。

「たかと……さん」

胸の奥が熱くて、そのままそれが触れた肌への欲求に変わる。ただじっと抱《だ》きしめられ、肩や首筋を撫《な》でられているだけでも高ぶってきて、それは重ねた、胸の鼓動から顕著《けんちょ》に伝わっているだろう。

「ね、……高遠さ……」

もどかしさが不意にわき上がって、髪《かみ》を撫でながら頬《ほお》や耳に口づける高遠にしがみつく。ボンネットに座った高遠の膝《ひざ》に乗り上がらされた。そのまま、人目もはばからないような恥知《はじし》らずな口づけをされて、もう抵抗《ていこう》することも考えつかない自分をはしたないとも思う。

「希、どうする」

「う……ん？」

遊ぶか、と先ほど希が口にした単語で示唆《しさ》されて、ひどいことを言うと思いながらも、さらさらとした髪を指にそっと巻き付ける。

「うん。……遊んで」

おもちゃにしても、いいから。

淡《あわ》い瞳に見つめられればうっとりと意識が霞《かす》んでしまって、なにも考えずにそっと吐息《といき》だけの声で付け加えれば、高遠はなぜか息を飲んだ。

「……手に負えねえかな」

「ん？……なに？」

「色気と頭の中が嚙み合ってないんだよ、おまえは」

だから最初は間違《まちが》えたけどな、と、希にはわからないことを呟《つぶや》いた高遠に首を傾げていれば、どうでもいいさと手を引かれる。

「おいで、希」

連れて行かれる先を教えられることはないけれど、もうなにも怖《こわ》くない。

夜明けの光を受けて、高遠の長い髪が金色に輝《かがや》くから、その色に魅入《みい》られてただ、希は足を踏《ふ》み出した。

＊　＊　＊

はじめて連れてこられた高遠の部屋は、外国の映画に出てくるようなアパルトマン風の造りになっていた。煉瓦《れんが》造りの三階建ては防音もよく、天井《てんじょう》も高くてゆったりと空間が取られている。

しかし、そこの部屋の中をじっくりと観察する暇《ひま》もないままベッドに連れ込まれてしまったせいで、実際のところ希の視界にはあの金色がかった瞳と髪の色と、褐色《かっしょく》の肌《はだ》しか映っていない。

「んふ、……ふ、っう」

動悸《どうき》がいやに苦しくてきつい口づけにくらくらするのは、ここ数日の寝不足《ねぶそく》と不摂生《ふせっせい》のせいなのか、それとも高遠のせいなのか、希にはもうよくわからない。

「……大丈夫《だいじょうぶ》か」

高遠もずいぶん急《せ》いた仕草で服を剝《は》がしにかかって、それでも、あばらが浮《う》くほど痩《や》せてしまった希の身体を直《じか》に確かめればやはり、躊躇《ちゅうちょ》したようだった。

「だい、じょぶ……だから」

やめないで、とはじめて自分からねだるように抱きつけば、知らないからなとシーツの上に押し倒《たお》される。

「あっ、あ……っ」

ざらりと零れた髪が首筋を撫でただけでも甘ったるい声を漏《も》らしてしまって、どうしてこうなんだと希は唇を嚙んだ。高遠に触《ふ》れられ、見つめられるともう身体中がいやらしく火照《ほて》ってしまって、後戻《あともど》りができなくなってしまう。

「んん……っ！」

もう全部裸《はだか》にされて、高遠も同じで。少し肌寒《はださむ》いとかぶった毛布の中、きわどい角度で重なった腰《こし》がねだるように揺《ゆ》れると、いやらしいなと高遠が笑った。

「いやらしいの……キライ……？」

ほんの少し怯《おび》えた声の問いは、この状態では愚問《ぐもん》だと鼻で笑われる。

「と、思うか？　俺が」

「……ううん」

思わないと呟けば、咎《とが》めるように顎《あご》を噛まれ、きれいな歯が食い込む感触《かんしょく》に、食べられそうでぞくぞくすると希は細い背中をしならせた。

「ふぁ……」

「感じやすいのは、悪くない」

胸に沈《しず》んだ彼の頭を抱きしめ、心臓の上を舌で撫でられてまた、疼きがひどくなっていく。

「誰《だれ》でもいいってなら……楽だけどな。つまらないもんだって、最近知った」

「ん、ん……？」

硬《かた》くこごった赤い突起《とっき》には、なにか悪いものがたまっているのか、吸い上げてほしくて仕方なくなる。そこを弾《はじ》くように蠢《うごめ》く舌を見つめていれば、飛びかけた意識のまま思わず、欲望が口をついて出てしまう。

「……そこ、きゅって……」

「ん？」

「くち、で……」

言った瞬間《しゅんかん》、自分はなにをと赤くなったが、高遠は笑わなかった。ただ、形のいい眉《まゆ》をひょいと跳《は》ね上げ、希の願った以上に淫《みだ》らに、吸い付いてくる。

「あああ、んん、ん……っ」

「真っ赤だ、希」

やだ、と希は顔を顰《しか》める。頬が痛いほどに染まっているのも、同じほどに色づいた身体《からだ》のことも、意識すればなお恥《は》ずかしい。

「……俺だけに」

「ん？……んあ、あふっ」

「俺だけに感じるってんなら、かまわない、ってとこか」

なにが、と問いかけた唇を塞《ふさ》がれ、少し荒《あら》い仕草で脚《あし》を拡《ひろ》げられた。そうして、引き締《し》まった硬い腹筋に擦《こす》られていたそれを、大きな手のひらが握《にぎ》りしめてくる。

「ふぁ――――……んっ！」

「……いい声」

そのまま手ひどく扱《しご》かれて、希は細い身体を震《ふる》わせる。なめらかに動く高遠の指先に先端《せんたん》を擦られ、そうしながらすっかり性感を開発された胸を甘噛《あまが》みされると、緊張《きんちょう》した腿《もも》が彼の腰を強く挟《はさ》んだ。

「だっ、め、いっぺん、やっ」

「……好きだろう？」

二箇所《にかしょ》同時の愛撫《あいぶ》だけでも受け止めきれないのに、嫌々ともがく言葉も聞いてはくれないまま、拡げられた脚の奥にまで指先は触れてくる。

「だ、めぇ……っ」

「もう、ここも痛くないな？」

断言された通り、何度かの行為《こうい》で慣らされていたその秘めやかな粘膜《ねんまく》は、高遠の指をもう異物と判断しない。軽くつつくようにされれば、期待に勝手に蠢いて、去ろうとする指を惜《お》しむような動きさえ見せた。

「……ちょっと濡《ぬ》れてるか」

「う……やだっ！」

指摘《してき》されたように、今ではもう刺激《しげき》が強まると微《かす》かにではあるけれど、体液さえ滲《にじ》んでしまう。指を軽く押し込まれると、それを証明するような小さな音がして、やけに卑猥《ひわい》だ。

「今日は……もう、いいか」

「はっ、あ、んっ」

小刻みに揺さぶるような動きでじりじりと入ってくる高遠の指に、希の意識が蕩《とろ》けていく。

もう、彼の言っている言葉の意味も羞恥心《しゅうちしん》も霧散《むさん》して、ただ頭の中にあるのは「欲しい」という単語だけだ。

「ひゃ、う……っ」

綻《ほころ》んだそこから、一度指を去らせ、待ってと追いすがる身体を口づけで宥《なだ》められた。代わりのように与《あた》えられた舌先を懸命《けんめい》に吸っていれば、冷たいぬるみを帯びた指もまた戻《もど》ってくる。

「ふ……あ、あっあっ」

「希……？」

緩《ゆる》やかに、抵抗《ていこう》なく進んでくる長い指に巻き付く自分の肉を感じる。一度根本まで入れられて、また同じ速度でゆっくりと抜《ぬ》かれていく。なにかを確かめるような動きは、いつもの快感を送り込むそれとは違《ちが》うようで、どこか違和《いわ》感《かん》を覚えながらも希はただ感じ入った。

「いいか？……いいなら、そう言え」

「い……？　なに……？」

もう上手く頭が働かなくて、わかんない、とぼんやり首を振《ふ》る。その惚《ほう》けた表情に対して、ひどく獰猛《どうもう》な笑《え》みを見せた高遠は、耳朶《みみたぶ》をそっと噛んでくる。

「気持ちいいか、って聞いてる」

「ん、ん……もち、いっ」

とろんとなりながら、身体の中にある指が増えたのを知った。今度はそれで、広げるように内部を押され、少しだけ苦しい分刺激も倍になる。

「あー……っあ、あ、うんっ……それ……っ」

「いや？」

「ちが……もっと、し……して……」

してほしいことは素直に言えと囁《ささや》かれ、それがどれほど淫らなことなのかももう、意識できない。唆《そそのか》されるままに開いていくのは、赤く染まった唇《くちびる》も彼の指を飲んだ場所も同じだ。

「あっ、あんっ、もっと、そこ……っ」

「ここ？」

「ちがっ、もっと、中、奥のとこっ」

擦って、と腰を上げ、焦《じ》れったい指に合わせて動いたのはもう無意識で、教えられた痺《しび》れるようなあの快感を追うのに夢中になってしまう。

「ああ、ここ、ここ好き、……ここ、すき……」

感じすぎて溺《おぼ》れきって、男の指に合わせて腰を振る自分の姿が、どう見えているのかももう希にはわからない。だから、もっと欲しいかと問われれば、がくがくと壊《こわ》れたように頷《うなず》いてしまった。

「ほし、い………っ」

「……いい子だな」

その含《ふく》み笑う声に、言質《げんち》を取られたとも知らず喘《あえ》いでいれば、不意に甘い指は去っていってしまう。

「や……な、んで？」

「そのまま」

やめないで、と縋《すが》る目をすれば膝《ひざ》を摑《つか》まれ、のしかかる体勢を深くした男に唇を塞がれた。

「……飛んでろ」

「な、に……あ!?」

そうして、淫らに物欲しげにひくついていた入り口に触れたなにかに、希は硬直《こうちょく》した。

「や、や、高遠さっ」

「……ここで正気づくなっつうのに……」

せっかくとろとろにしてやったのに、と言葉通りになぶられた場所を高遠のそれがかすめて、希は大きな目を丸くする。

「……いれるの……？」

「ストレートに訊《き》くな」

だって、と口ごもる間にも量感のあるそれが狭間《はざま》を圧迫《あっぱく》して、喉《のど》が鳴ってしまう。濡れた粘膜同士が触れあう音がして、希はその淫蕩《いんとう》な感触にも音にも眩暈《めまい》がした。

「言っただろうが、手間暇《てまひま》かけたんだって」

「だって……だ……って……」

もう気を逸《そ》らすのは無理と思ったのか、吐息《といき》した高遠はそのまま体重をかけてくるから、少しずつ彼が入ってしまう。

「……痛いのはいやなんだろう」

「あ、これ……はいっちゃ……はいっちゃうの……？」

「そうしたんだろうが……俺が」

信じられないような大きさのものがじわじわと身体を拡げてくる。それなのになんの痛みもなく、むしろ感情を置き去りにしたまま身体だけが彼に従順に開くから、希はどうしていいのかわからなかった。

けれどそれ以上に、彼の言葉を信じがたいと思う。

（手間暇って……）

あの日意地を張って、痛いのは嫌だと言ったそれは、拗《す》ねて見せただけだった。それなのに、あの些細《ささい》な言葉を高遠は気にしていたのだろうか。

「……あのなあ、だから……おまえは面倒《めんどう》なんだよ」

きつい言葉を吐《は》くくせに、本当に慎重《しんちょう》に様子を見ながら身体を開いてくれるから、いっそもどかしくも感じてしまう。

「こうしたいだけなら、楽な相手はいるんだ、いい加減わかれ」

「たかと……さっ……それ……」

面倒くさい、苦手だという言葉は本音で、それでも投げずにいてくれたというのか。

「この俺に、好きだとまで言わせたんだから、もういいだろうが」

四の五の言ってないで、俺のものになっちまえと、そんな乱暴な告白なのに、胸が痛い。泣き出しそうに歪《ゆが》んだ瞳《ひとみ》を獣《けもの》の仕草で舐《な》められて、体重をかけて沈《しず》んでくるものはずるりと希の中を滑《すべ》り降りてくる。

「あは、……あああっん、きちゃう……！」

痛みはなく、ただぞくぞくとして口を開けば呆《あき》れるような淫《みだ》らな声が零《こぼ》れ、胴震《どうぶる》いをした希が首筋に囓《かぶ》りつけば、高遠は満足そうに笑った。

「……まだ、だ」

「やだ、も、……いっぱい……っ」

開ききった狭《せま》いそこには持て余すような熱が、もう無理だと思うのにどんどん入ってくる。本気で泣き出した希にかまわず凶暴《きょうぼう》なそれを埋《う》め尽《つ》くした高遠は、その上とんでもなくいやらしい動きで翻弄《ほんろう》してくる。

「あっあ、あっ、や、や……！」

「いやでも聞くか、バカ」

もう待たない、と勝手にされて、じたばたと暴れれば却《かえ》って感じてしまって、希はもう泣きじゃくるしかない。

「うご、動いた、やっ、……あぅ、い……っ」

目を開ければその激しい感触《かんしょく》と同じリズムで、高遠の顔が揺《ゆ》れている。見ていられないと目を瞑《つぶ》れば、忙《せわ》しない吐息を吸い上げられた。

「んふぅ……っ」

あの場所と唇の中を似た動きで犯《おか》されて塞《ふさ》がれ、行き場のなくなった快楽は中にたまって濃《のう》度《ど》を増す。逃《に》げ場《ば》を探してもがいた腕《うで》が、ベッドの端《はし》、ボードになっている部分に当たった。

それでも送り込まれる律動に感覚のすべてをさらわれて、痛いとも思えない。のたうつ腕の先、手のひらはシーツを這《は》ってきつい皺《しわ》を作り、もっと確かななにかに縋ろうとまた、頭上のベッドヘッドに片手でしがみつく。

「……逃げるな、って」

「あー、あ、あ、あ、あっ」

「だ、……って、あは、う……っ」

きつすぎる快感に無意識に怯《おび》え、ずり上がっていく身体《からだ》を逃《のが》すまいとするように高遠は腰《こし》を摑む。ヘッドを摑んだ手も取り上げられ、押さえ込むようにして腰を使われて溶《と》けていく。

もう声も出なくなって、忙しない呼気が唇を乾《かわ》かす。ひび割れそうで痛く、それを舐めて潤《うるお》せば誘《さそ》う仕草に変わるから、覆《おお》い被《かぶ》さった高遠にまた唇を塞がれた。

「……っかと、さん、……も、もっ……」

身体中が脈打って、髪《かみ》の毛の先まで神経があるようだと思う。視界を塞ぐように零れ落ちる高遠の長い髪を震《ふる》える指に巻けば、そのさらりとした感触さえも希を惑《まど》わせた。

「どー……か、なっちゃ……うっ」

熱くて熱くて、脳が茹《ゆ》だり上がってしまいそうで苦しいのに、離《はな》してともやめてとももう言えない。広い背中にきつく腕を絡らせて、振《ふ》り落とされてしまいそうなセックスに必死で希はついていった。

そうしながら、華奢《きゃしゃ》な脚《あし》は男の腰に絡《から》みつき、無意識に淫蕩に揺れはじめている。高遠の指に作り替《か》えられ、彼の性器を含まされた場所は、拒《こば》むどころか味わうように、蠢《うごめ》きながら男の体液を啜《すす》ろうとする。

「からだ、ヘン……っ」

「……そういう時は」

意図しないまま、今まで感じたこともない動きを見せる自分が本当に淫乱《いんらん》になってしまったようで、恥《は》ずかしいのに止まらない。

「いい、って言えよ」

おまけに唆す声にさえも感じてしまうから、高遠の言いつけを破れない希は、鼻を鳴らしながら切れ切れに言った。

「い……い、いっ、い！」

「どのくらい」

「……んぅ、すご、すごっく、いい……っ、いっぱい、い……！」

もっと。いや。はやく。だめ。そんな幼児のようにたどたどしく意味不明な、だけれど淫靡《いんび》な匂《にお》いのする言葉しかもう口にできなくなってしまって、そのたび高遠はあちこちに口づけ、噛《か》みつき、指で撫《な》でて抓《つね》ってくる。

べたべたになった下肢《かし》が、正気では耐《た》えきれないような卑猥《ひわい》な音を立てていて、次第に早く小刻みになるその粘《ねば》った音にも追い上げられる。

「もー……ゆる、して、もっ……」

「……もういくか？」

体温も官能のボルテージももう最高潮に達して、壊《こわ》れそうな鼓動《こどう》に怯えて泣きじゃくり許しを請《こ》えば、高遠の声も少しかすれていた。ぞくぞくとなりながら耳朶《みみたぶ》を嚙まれ、揺する動きをさらにひどくされればもう、ひとたまりもなく。

「いくっ……い、くからぁ……！　あ！……だめっ！」

弓なりに背を反らし、華奢な腰の奥で膨《ふく》れ上がるなにかを感じた瞬間《しゅんかん》に、ぱあっと熱いものが体内で弾《はじ》けるのを知る。

「ア――――…！」

そして、受け止めきれない感覚の渦《うず》に巻き込まれた希はそのまま、金色の蜜《みつ》に溶けていくような体感に溺《おぼ》れて、意識が遠くなるのを感じる。

「は……」

どさりという音がどこかうつろに聞こえて、のしかかってくる重みにじわじわと、飛んでいた五感がよみがえってきた。

力無く、広い背中に這わせた手のひらが濡《ぬ》れて、それが高遠の汗《あせ》だと知る。そして、自分の中でまだ少し、脈打ちながらなにかを送り込んでいるのは彼の性器と、体液だ。

（……なんか）

生々しいそれらに対して、わき上がるのはただ胸が痺《しび》れるような幸福感だけで、希はまだ疼《うず》く指の先を強く握《にぎ》りしめる。

酸欠も起こしているようで、まだくらくらとしながら息を整えれば、声を上げすぎて痛んだ喉《のど》が空咳《からせき》をする。

そしてまだかすかに欲情を孕《はら》んだまま濡れている瞳で、大丈夫《だいじょうぶ》かと覗《のぞ》き込む高遠を見つめた。

「……………った」

「うん………？」

そうしてぼんやりと呟《つぶや》いた言葉をどうしたんだと聞きとがめられ、促《うなが》されるままもう一度口にする。

「しちゃった、って……」

「……ああ」

かすれきった声で、それだけ、と呟けば今更《いまさら》に恥ずかしくなる。肩《かた》を竦《すく》めればそのままぎゅっと抱《かか》え込まれて、したな、と笑われた。その声がやけに穏《おだ》やかで、だからこそどぎまぎしながら希はそっと高遠を窺《うかが》う。

「なにか訊《き》きたいのか」

視線で察したのか、濡れた額に張り付いた希の髪をかき上げ、そっと問う声がやさしいから、気になって仕方のないそれを希は口にした。

「……あの、俺………どう、だったかな、って……」

「………は？」

激しくて、途中《とちゅう》何度も泣く羽目になったけれども、信じられないくらい深く濃《こ》い快感を与《あた》えてもらったと思う。大概《たいがい》な宣言どおり、ゆっくりと時間をかけて準備された身体は、いまだに彼を飲み込んでいても痛むことはない。

それでも、知っているとおり経験豊富な相手にとって、自分のこの身体は満足いくものだったのだろうかと、不安になった。

もうただ気圧《けお》されて、いつかのように触《ふ》れて返すことも今日は求められなかったから、かき乱されていた感覚が去れば、あれでよかったのかと途方《とほう》に暮れる。

「なんか、いっぱい……してくれたけど、俺ばっかりかな、って……」

自分でも恥ずかしいことを訊いている自覚はあったので、上目に窺った先の高遠が目を瞠《みは》り絶句しているのに気づいてしまえば、いたたまれなさが襲《おそ》ってきた。

「あのなあ、希……」

「ご、ごめんなさい」

「いや、謝らなくてもいいんだが……ああ、まったくなあ……力抜《ぬ》ける」

そうして、また身体中を赤くして小さくなれば、喉奥《のどおく》で笑った高遠が脱力《だつりょく》したようにのしかかってくる。重みに肺を圧迫《あっぱく》され、さすがに苦しいと思いつつ逃げられずにいれば、身体の奥でなにかが、ひくりと動いた。

「な、な……？　あ⁉」

まだ蕩《とろ》けたままのその中でとくんと脈打ったそれに驚《おどろ》き目を丸くすれば、ざらりと乱れた長い髪をかき上げた高遠が、悪い顔で笑った。

「……まだ訊くか？」

「も、もう、いいです、ごめんなさ、も……っ」

わからないかと腰を動かされ、赤くなったり青くなったりしながら希が手足をばたつかせると、ひどく機嫌《きげん》のいい笑い声を高遠はあげた。

「しねえよ。……でももうちょい」

ここにいさせろと抱《だ》きしめられて、ほっとするような残念なような気分になる。それでも、激しすぎたセックスにはもう、疲《つか》れていた身体は限界がきていて、これ以上は無理だとわかっている。四肢《しし》に満ちたるさは半端《はんぱ》ではないし、気を抜けばすぐにも眠《ねむ》ってしまいそうなのに、脳からは興奮状態が抜けない。

それ以上に、あの写真の中で見つけたのと同じ、やわらかな瞳《ひとみ》で笑《え》みかける高遠を見つめていたいから、もったいなくて眠れない。

「………ふ？」

じいっと、瞬《まばた》きさえ惜《お》しんで眺《なが》めていたきれいな顔が近づいて、欲の匂いのない、慈《いつく》しむような口づけが落とされた。そのままじゃれるように唇《くちびる》をすり合わせられ、軽くついばみあう感《かん》触《しょく》が心地《ここち》いい。

「ね、………また」

「うん？」

ふわふわとした唇のやさしい愛撫《あいぶ》に思考も溶《と》けて、希は眠気《ねむけ》に勝てなくなる。まだ、もっと見ていたいと思うのに、もう寝《ね》ろと促す大きな手のひらが瞳を覆《おお》ってくる。

それはあるいは、無垢《むく》でまっすぐ過ぎる視線に照れた大人の防衛策だったのかもしれないが、
希はもう半ば、眠りの中だ。

「こんど……」

また、遊んでね。

無邪気《むじゃき》にとんでもない誘《さそ》いをかけて、すうっと眠りに落ちた小さな顔を見つめた男が、敗北のため息をつきつつも満足げに笑ったこともむろん、知らないままだ。

「おんなじこと、言いやがるか」

頰《ほお》をつついた指先に、どこか懐《なつ》かしいようなものを覚えたけれど、それがなにかを摑《つか》もうとしても、睡魔《すいま》がやさしく身体《からだ》を包んでいく。

「寝顔《ねがお》は、変わんねえな……」

夢うつつ聞こえたその言葉の意味も問えず、希はとろとろと乳白色の夢に、沈《しず》んでいった。

＊　＊　＊

希の三者面談は、特例で五月、ゴールデンウィーク明けに行うことになった。

本来の日程であった四月の半ばには、きな臭《くさ》い事件が起きたことで家に引きこもっており不可能だったため登校さえできなかったわけだが、そんなことを言えるはずもない。

「もう大丈夫なのか？」

「あ、はい……ご迷惑《めいわく》かけました。すみません」

さすがに今回は親に連絡《れんらく》を入れると言い出した担任に慌《あわ》て、建前の事情として叔父《おじ》の出張に悪性の風邪《かぜ》という報告をいれ、この度の特例措置《そち》となったわけだ。

また、学校に復帰した希のどこかやつれた面差《おもざ》しに、担任も納得《なっとく》したようだった。おまけに義一が、やばいならこれ持っていけと差し出した書類は知り合いの医者に書かせたらしい診断《しんだん》書《しょ》で、「悪性流感のため一週間の療養《りょうよう》を要す」と書かれていたから呆《あき》れてしまう。

しかしそんな偽造《ぎぞう》書類がなくとも、希のいかにも怠《だる》そうに歩くさまや、明らかに痩《や》せた頬、そして赤らんだ目元はベテランの教師にひどく哀《あわ》れに映ったようだ。

「なあ、もしまだ具合が悪いようなら、大きな病院で検査してもらえ」

「あ……は、はい……」

心配そうに情のこもった声で言われてしまった希は、身の置き所のない感覚を堪《こら》える。

（……もう本当にごめんなさい）

よろよろと歩いているのも目が赤いのも、本当の原因はろくでもない。晴れて恋人《こいびと》となった相手に激しくされて疲れているという事実だけでも、希は憤死《ふんし》ものだった。

おまけにこれは犯罪になるんじゃないだろうかと、担任の手元にある診断書を眺めれば、ますますあの男前の店長も正体がわからなくなる。

「失礼します」

なんだかいっぺんにいろんなことが起こりすぎて、脳の処理能力を超《こ》えていると思いながら職員室を後にすれば、もう大分慣れた自分の教室にはクラス委員の長山が、じっと緊張《きんちょう》したような顔をして立っていた。

「なに？　長山さん」

用事？　と首を傾《かし》げて訊けば、生真面目《きまじめ》な表情を歪めた彼女は、くっと唇を引き結ぶ。

「……ごめんなさいっ」

そして潔く頭を下げられ、希は面食らう。

「……え？」

「前に、休んでずるいなんて言ったから。……雪下くん、そんなに身体弱いと思わなくて」

勘違《かんちが》いで責めてごめんねと、実際にはこの事態の方が勘違いと知らない彼女が目を赤くするのに、希はひどく慌ててしまった。

「あ、あの、そんなにひどいわけじゃないから、もう」

平気だから顔を上げてくれとおろおろしていれば、背後では鷹藤たちが笑っている。

「ちょっと……」

笑ってないで助けてくれと視線で訴《うった》えても、知らないと彼らはにべもない。一週間も見舞《みま》いを拒《こば》んだ希に、彼らも少しばかりご立腹の様子だった。

「……まあ、人に心配かけたら少しは困るのも道理なんじゃないのかな」

「そんな、内川」

あげく、普段《ふだん》は希の不器用さをフォローしてくれる内川までその調子で、べそをかきはじめた長山を、どうやってなだめればいいのか希はわからなくなる。

泣いている子を慰《なぐさ》めたことなどないし、むしろいつもはその逆なのだが――まさか高遠のように、抱いてあやすわけにもいかないだろう。

「えっと、その、……とにかく今度からは、ちゃんと参加するから」

「……ウン」

今出せる、精一杯《せいいっぱい》のやさしい声で話しかければようやく彼女は鼻を啜《すす》って、涙《なみだ》ぐんだ目元を拭《ふ》いた。

ほっとして、もう泣きやんでくれればそれでいいと息をついた希は、冷たい友人たちに近寄り軽く睨《にら》んでみせる。

「面白《おもしろ》がるなよっ」

「だあって」

「ちょーおもしれかったもん」

なあ、と頷《うなず》きあう彼らの瞳には安堵《あんど》と、心配のあまりのちょっと怒《おこ》った色が乗せられている。

「一週間も、ひとりで意地張って寝込んでっから、治るもんも治んないんじゃんよ」

「なんかあったら言えって言ったろ？」

「……ごめん」

この野郎《やろう》、と肩《かた》を叩《たた》いておしまいになる、からりとした彼らがとても、好きだと思う。

玲二だけに守られていた時間より、少しだけ前に進んだ気のする自分のことも、少しは好きになれそうだ。

取り戻《もど》した日常は、ひとり怯《おび》えていたことがばかばかしく思えるほどにやさしく、穏《おだ》やかだ。

誰《だれ》も頼《たよ》れないと泣いた自分の弱さは、傲慢《ごうまん》さでもあったのだろうと希は少し反省する。

（そんなに物事の道理がわかってるってんなら、てめえひとりで生きてろ）

そして、あの日吐《は》き捨てた高遠の言葉があれほどに痛かったのも、そんな自分を責められたような気がしたからだと、なんとなく考えるようになった。

弱いことを切り捨てずに認めてほしいと思うのは、いけないことなのだろうか。

希がそう問いかけた相手は、甥《おい》が気まずげに朝帰りしようと、男の恋人を作ろうと、自分が納得さえすればもう後は、好きになさいとやさしく放り出す玲二だった。

「弱いのは、決して悪いことじゃないけどね」

あの事務所で別れて以来、高遠と消えた事実を知る保護者には、なにをどうしたのかなどお見通しのはずだ。そのことに気まずいと思っていたのは希ひとりのようで、一切を問いませんというようにいつも通りの顔をした玲二は、今日はフロアチーフとして店内を見渡《みわた》す踊《おど》り場《ば》にいる。

「弱いことに甘えるのはあまり、感心しないかなあ」

「そう。弱いってことを免罪符《めんざいふ》にはできないって、言いたかったんじゃない？」

誰をとは告げないままくすりと笑った玲二に、希はかすかに赤くなる。そして、あの日ぽつりと漏《も》らされた言葉の意味を問いたくて、なにもかもが不思議で仕方ない子供のように、いくつもの問いを投げかけた。

「ねえ……高遠さんの、人一倍の挫折《ざせつ》って、なに？」

「それは本人じゃないから言えません」

ずるはだめ、と笑ってはぐらかし、けれど、それこそ希の弱さを許して抱《かか》え込んできた不思議な青年は、相変わらずの甘い態度を変えることはない。

「わからないなり、っていうのもあるんだよ？」

「……玲ちゃん？」

「いいのいいの。まだ、赤ちゃんだから希は」

どういう意味だと唇《くちびる》を尖《とが》らせれば、スキンシップ過多な叔父は店内だというのにぎゅうっと抱《だ》きしめてくる。

「れ、れいちゃ……？」

玲二は高遠が居直ってからというもの、急に保護者としての欲が出たのか、以前より希をべったりかまうようになっていた。

というより、どうも最近の希は抱きつかれ癖《ぐせ》がある。塚本にしろ玲二にしろ、やたらぎゅうぎゅうと抱きしめてくるし、学校でも鷹藤にはしょっちゅう肩を抱かれる。

（なんか最近スキンシップ多いなあ……）

以前のようにつんとすました人形のような表情が崩《くず》れれば、ミルク色の頰《ほお》には甘い幼さが表れる。触《ふ》れて確かめ、そのやわらかさを味わいたくなる雰囲気《ふんいき》は、微笑《ほほえ》ましい感情で慈《いつく》しむものであれば問題はないのだが。

「……仕事中だろ」

「わ、はいっ」

頭上からの冷えた低音に、びくりと希が背中を強《こわ》ばらせる。サックスを抱えた高遠は、店の中では相変わらず不機嫌《ふきげん》そうで、冷たい横顔を見せつける。

「なにー。部外者偉《えら》そうにしないで下さい。第一今、休憩《きゅうけい》時間ですー」

しかし、臆《おく》した様子もなく笑った玲二は、希を解放しようとしない。

「……今日はゲストだろ、俺は。そういう扱《あつか》いするかよ」

「こんなことになるって知ってれば、あんなにライブ日程突《つ》っ込まなかったんだけどね」

そして、そんな玲二が希にかまえばかまうほど、これもどうも正体の見えない叔父《おじ》は高遠から不機嫌に睨まれているのだが、それは希のあずかり知るところではない。

彼らの「仕事」を垣間《かいま》見てしまったが故《ゆえ》に、却《かえ》って謎《なぞ》は深まったような気がしてしまう。元より察しのいい方でもない上、世間知らずの希には、義一たちが関わる複雑な大人の世界を知るのはまだ、怖《こわ》いような気もした。

「そういうこととは知らずに、だまされたなあ、ぼく」

「……なんの話だか？」

そして今、頭上で交わされる会話がどんどん温度を下げている理由もわからなくて、ただきょとんと、それぞれタイプの違《ちが》うきれいな顔を眺《なが》めるばかりだ。

「玲ちゃん……？　高遠さん？」

じんわりと嫌《いや》な空気に不安な声を出せば、いいのいいの、と玲二は妙《みょう》にきれいに微笑んだ。

「こっちの話。休憩しておいで」

「あ、はい……」

なんだろな、と首を傾《かし》げつつの希が高遠の側《そば》をすり抜《ぬ》けようとすると、長い腕《うで》が静かに上がり、軽く、頬を撫《な》でられる。

「…………っ」

（あとで）

そうして、希にだけ聞こえる声で囁《ささや》かれたそれに耳まで赤くなれば、それが今夜の約束になる。金色の楽器を抱いたままの長い腕は、そうして静かに離《はな》れていく。

この手が奏《かな》でる音色に憧《あこが》れ、そうして本人にも捕《と》らわれた。強烈《きょうれつ》に過ぎるはじまりではあったけれども、今があればそれでかまわない。

まだたくさん、彼には謎がありそうだけれども、玲二の言うようにそれは希自身で知っていけばいいのだろう。

（少しずつ、でいいよね）

ひとりきり突っ張って、無理はしてもなにもできないと思い知らされたばかりだ。だから気負うなと自分に呟《つぶや》き小さく頷いて、そのまま希は控え室《ひかえしつ》に向かった。

「おう、希これ食わない？」

のほほんと話しかけてきたのは相変わらずの塚本で、手にはまたコンビニの新商品が握《にぎ》られている。どうも彼はこの手のジャンクフードを食べ較《くら》べるのが趣味なようだ。

「今日のはなに？」

真っ赤な丸い物体は三つで一パックになっており、塚本はそのひとつを食べかけている。合成着色料でもまぶしたかという毒々しい赤さに、ところどころ黒いものが混じってかなり不気味だ。

「和風チリホットおにぎり、豆板醤《とうばんじゃん》とタコスをミックスさせて炊《た》きあげたご飯に、具はヘルシーなひじきと鰹節《かつおぶし》」

「……それ美味《うま》いの……？」

ＣＭの受け売りをつらつらと語る塚本へ、ややもすれば冒険《ぼうけん》しすぎだろうというお相伴《しょうばん》に預かるため、希は顔を顰《しか》めて隣《となり》に腰掛《こしか》けた。

「あ、でも病み上がりだっけ。辛《から》いのだめかな」

そう言って、なんだか真っ赤な握り飯《めし》を差し出した塚本の瞳《ひとみ》には、鷹藤や内川と同じ心配が浮《う》かんでいて、希は微笑んだ。

「ううん、もう平気だから」

「そっか、まあ来てくれてよかったよ……鈴木、いきなり辞《や》めちゃうし」

唐突《とうとつ》に飛び出した名前に、希はぎくりとする背中を気取られないよう、小さく吐息《といき》する。

(……古森くん……)

彼はもう未成年ではなく、しかるべき手順を踏《ふ》んで法的に裁かれることになるそうだった。

ひとつ間違《まちが》えば、自分もあの明るい教室や、地下にありながらどこか暖かなこの店の中ではなく、暗い塀《へい》に押し込められたままでいたかもしれないのだと思えば、希の繊細《せんさい》な感受性は切ない痛みを覚えてしまう。

自業自得《じごう》だろうとにべもない高遠は、その話になると機嫌が悪いのでもう口にできないが、それでもあの日か細く訴《うった》えた言葉は希の本心だ。

「もう、引継《ひきつぎ》もなしでさあ。最後までいい加減だったなあ」

「……そう、なんだ」

むろん塚本は、彼が辞めた本当の理由を知らない。困るよなあ、と呟いて、欠員の分も働く愚痴《ぐち》をほんの少しこぼした後に、お裾《すそ》分けされた珍妙《ちんみょう》な色合いのジャンクフードに視線を落とした希へ、年上らしく諭《さと》してきた。

「ま、あいつの抜けた分頑張《がんば》らなきゃだけど、でもあれだぞ？　玲二さんいない時くらい、面倒《めんどう》見てやっからさあ。ひとりで頑張りすぎんなよ？」

水くさい、と逆に頭を叩《たた》かれて、幸福な痛みに希は少し笑い、そうして古森のことを思って胸を痛めた。

「……うん、気をつける」

「ほどほどにな。やっとこ、希も慣れてきたみたいだしさ」

最近、楽しそうに仕事してるし、いいんじゃないのと言う塚本に、希はふと問いたくなった。

「……俺、楽しそう？　浮かれてる？」

それは、あの古森の血を吐《は》くような叫《さけ》びをどうしても忘れられないからこその問いだったのだが、塚本は真っ赤になった指を舐《な》めながら、逆に不思議そうに訊《き》いてくる。

「希、楽しくないの？」

「いや、……えっと、……うぅん」

うぅん、ともう一度呟いて、手の中にある真っ赤な物体をこわごわと囓《かじ》った。

「……まずっ!!」

瞬間《しゅんかん》、口の中に広がったなんとも言えない味に悲鳴を上げれば、塚本は爆笑《ばくしょう》する。

「うはははは！　やっぱ？　やっぱまずいこれ？」

「なんでこんなん……食べれ……っ」

「俺ひとりまずいのいやだもーん」

どうやら、あまりのまずさに辟易《へきえき》していたところにカモられてしまったらしい。よく平然としていられる、と呆《あき》れつつ、たちの悪い冗談《じょうだん》に怒《おこ》る気力も、珍妙な味が邪魔《じゃま》してわいてこない。

「……なに騒《さわ》いでんだ？」

「あ、店長これ、食べます？」

「うー……」

口を押さえて呻《うめ》いている希の食いかけを取り上げ、ひいひいと笑う塚本がそれを差し出せば、もらっていいのかと義一はさわやかに笑った。そして、ぱくぱくとそれをものの二口で平らげる。

「うん、美味いんじゃない？」

あげく、けろりと言ってごちそうさまと告げるから、塚本も希も呆然《ぼうぜん》と目を見開いた。

「じゃ、騒いでないでおとなしく休めよ」

「はい……」

今日も仕立てのよいスーツの広い背中に、なんだか得体のしれないものを見た気がして、塚本と希は顔を見合わせる。

「……これだよね」

「うん、これだなあ」

そして、残りのひとつを半分ずつ割って、無言で囓ってみれば。

「ま……」

「……っずい」

そうしてやっぱり店長は謎だと、バイトふたりは同時に顔を顰めたのだった。

END

あとがき

ルビー文庫さんでははじめまして、崎谷《さきや》です。この本は私の初の文庫本になりますので、ちょっと緊張しております。お楽しみいただけたら幸いなのですが。

のっけからでなんですが、本当に今回はハプニングまみれでした……。体調は延々悪いし原稿制作中にパソコンに二度も茶をぶちまけ、そのたびに旧マシンと新マシンをいったりきたりしたあげく、途中《とちゆう》経過のデータは飛ぶは、慣れないマシンのカスタマイズに悪戦苦闘《くとう》……あれさえなければと思いつつも、ハプニングを含《ふく》めての日程を取らなかった私のミスではあります。

しかし、その中でも一番ひどかったのが、インドに出張に行った母が急遽《きゆうきよ》水あたりで倒《たお》れ、二日の間音信不通になった（インドは国際電話はかけられるところが限られる）事態だったでしょうか。あげく、間に入った会社の人も相当混乱していた模様。「予定を早めて明日の便で帰ってくるので、朝八時到着のエアインディアだから、成田まで迎《むか》えに行ってあげてね」と言われれば、人間「明日着なのか？」と思うじゃないですか。行きましたとも成田。都内からは遠いですから、朝の四時に起きて。………したらさー、到着《とうちやく》したらその日はエアインディア、ないんですよこれが（爆）要するに、「明日（出発）の明後日《あさつて》着」便だったのですね……。確認しなかったあたしも悪いが…それでも二日続けて朝の四時起き、四時間電車に揺《ゆ》られての成田行きはつらいです。おまけに案の定到着遅《おく》れて、飛行機着いたの昼近く（十一時半…）でしたとも。まあそれでも、げっそりしつつ、結局大したことなかった母が、無事帰ってきたからいいんですが……この人性懲《しょうこ》りもなく、今度は韓国《かんこく》に出張だとかです。おかーちゃん今度はもう、おんもでは中華以外食わないでね（海外旅行で日本人の胃にもやさしいのは中華だけ…）と思う私でありました。

そんな話していたらすっかり紙面がないんですが（笑）ともあれ、「悪いお兄さんとかわいこちゃん」はいかがでしたでしょうか。なんか、高遠《たかとお》のような美形無骨キャラ久しぶりに書いたので、却《かえ》って新鮮《しんせん》でした。作者個人的には義一と玲二がお気に入りです（笑）。くせのある大人に囲まれちゃった、感受性が赤《あか》ん坊《ぼう》な希も、機会があればもっと成長させてやりたいです。

そして、前述のハプニングで押せ押せになったにも拘《かか》わらず、とても可愛《かわい》いキャラクターを描《か》いて下さった高久《たかく》先生、ありがとうございました。マンガの方のファンでしたので、今回お仕事で組むことになり大変嬉《うれ》しかったのですが、それだけに申し訳ないです。次回があれば、今度こそご迷惑《めいわく》をかけないようにいたしたいと思います。

あっ、いよいよ紙面が（笑）お読みになった方に少しでも面白《おもしろ》がっていただければ幸い、と思いつつ、これにてあとがき終了《しゅうりょう》です。機会があれば、いずれまた。

崎谷はるひ

KADOKAWA RUBY BUNKO

ミルククラウンのためいき
崎《さき》谷《や》はるひ

角川ルビー文庫　R83-1　12367

平成14年3月1日　初版発行
平成21年4月25日　12版発行

発行者——井上伸一郎
発行所——株式会社角川書店
東京都千代田区富士見2-13-3
電話/編集(03)3238-8697
〒102-8078
発売元——株式会社角川グループパブリッシング
東京都千代田区富士見2-13-3
電話/営業(03)3238-8521
〒102-8177
http://www.kadokawa.co.jp
印刷所——暁印刷　製本所——本間製本
装幀者——鈴木洋介

ISBN4-04-446801-X　C0193　定価はカバーに明記してあります。

KADOKAWA RUBY BUNKO

角川ルビー文庫

いつも「ルビー文庫」を
ご愛読いただきありがとうございます。
今回の作品はいかがでしたか?
ぜひ、ご感想をお寄せください。

〈ファンレターのあて先〉

〒102-8078 東京都千代田区富士見2-13-3
角川書店 ルビー文庫編集部気付
「崎谷はるひ 先生」係